小书本 大世界

唐诗选粹

崔钟雷 主编

吉林美术出版社 | 全国百佳图书出版单位

图书在版编目（CIP）数据

　唐诗选粹／崔钟雷主编 . —长春：吉林美术出版社，2010.7
（2022.1 重印）

　　（小书本大世界）

　ISBN 978 - 7 - 5386 - 4435 - 7

　Ⅰ . ①唐… Ⅱ . ①崔… Ⅲ . ①唐诗－青少年读物
Ⅳ . ①I222.742

　中国版本图书馆 CIP 数据核字（2010）第 120838 号

策　　划：钟　雷
责任编辑：栾　云

唐诗选粹

主　编：崔钟雷　副主编：王丽萍　刘　超　石冬雪

吉林美术出版社出版发行

长春市人民大街 4646 号

吉林美术出版社图书经理部（0431 - 86037896）

网址：www. jlmspress. com

北京一鑫印务有限责任公司

开本 787 × 1092 毫米 1/16　印张　11　字数　100 千字

2010 年 7 月第 1 版　2022 年 1 月第 4 次印刷

ISBN 978 - 7 - 5386 - 4435 - 7

定价：35. 80 元

前　言

　　漫步书山，畅游学海，纵观几千年的中华文明，其历史源远流长，其内涵博大精深，而国学经典就像一条坚韧的纽带，将形形色色、方方面面的中华文明串联在一起，幻化出千般华彩、万种风流的圣贤智慧。

　　儒家倡导人与人之间的仁德之爱，道家追求人与自然的和谐之法，法家主张赏罚分明的管理之术，墨家宣扬"兼爱交利"的文化精神，兵家阐发"避实击虚"的处世哲学，诗词歌赋则是字里行间都流露着缥缈绵长的韵姿。"与经典同行，与圣贤为友"，这些跋涉千年的文化瑰宝，必定积淀为普遍的民族心理。

　　这套"小书本大世界"丛书虽不能尽收经典华章，却由衷地表达了我们对祖先的敬意，从编辑体例的设计到典籍内容的吸收，都经过反复斟酌，全面考证，力求完善。但是由于学养和能力的不足，可能还存在许多不尽如人意之处，在此恳请广大读者给予指点和帮助！

风雅格律

目 录

五言古诗

乐　府

风雅格律

七言律诗

唐诗选粹

风雅格律

七言绝句

乐　府

五言古诗

感遇（二首）　张九龄

▶原文

一

兰叶春葳蕤[①]，桂华秋皎洁。
欣欣此生意，自尔为佳节。
谁知林栖者，闻风坐相悦。
草木有本心，何求美人折[②]？

二

江南有丹橘，经冬犹绿林。
岂伊地气暖，自有岁寒心。
可以荐嘉客，奈何阻重深！
运命唯所遇，循环不可寻。
徒言树桃李，此木岂无阴？

▶注释

　①兰叶：菊科的兰草，叶有香气。

风雅格律

②美人：比喻贤良或自喻（如屈原）高洁，此处指前句所说的林栖者。

▶译文

兰叶在春天日益繁茂，桂花在秋天多么皎洁。它们蓬勃茂盛，充满着生机，装点着春秋两季的美好时节。无人知晓那山林中的隐士，由于闻到了兰桂的芳香，因而产生了爱慕之情。草木啊，你有着如此美德，哪稀罕美人来攀折？

江南产有一种结红橘的果树，到了冬季，果树还是一片苍翠的绿林。难道是因为地气温暖？自然是不畏风霜的本性所成。这红橘可用来款待贵宾，只可惜被阻隔在深远之地。命运如此，仅因被阻隔的遭遇，这其中的道理如同时令，往复不可寻觅。人们只说要多栽种桃李，这橘树难道就没有绿荫吗？

下终南山过斛斯山人宿置酒　李　白

▶原文

暮从碧山下，山月随人归。
却顾所来径，苍苍横翠微。
相携及田家，童稚开荆扉。
绿竹入幽径，青萝拂行衣。
欢言得所憩，美酒聊共挥①。

长歌吟松风，曲尽河星稀。
我醉君复乐，陶然共忘机。

▶注释

①挥：《礼记·曲礼》，"饮玉爵者弗挥。"原指倒去余酒，这里形容像倾倒一样畅饮。

▶译文

日暮时分我从青山之巅走下，山中的明月一路伴我回家。到山前回头凝望走过的山路，山路消失在一片青绿之中。我与山人携手来到村舍，孩童跑来打开了柴门。绿竹夹着幽僻的小路，青萝拂弄着行人的衣衫。我高声感叹有了安宿之所，山人捧出美酒与我共酌。高歌长吟把松风咏诵，唱尽诵曲已星稀月落。我们欢畅得飘然欲醉，烦忧在喜悦中全部抛却。

月下独酌　李　白

▶原文

花间一壶酒，独酌无相亲。
举杯邀明月，对影成三人。
月既不解饮，影徒随我身。
暂伴月将影，行乐须及春。
我歌月徘徊①，我舞影零乱。
醒时同交欢，醉后各分散。
永结无情游②，相期邈云汉。

▶注释

①徘徊：源自曹植《七哀》诗，"明月照高楼，流光正徘徊。"
②无情：即忘掉，彼此永远地成为忘情的好友。

▶译文

在花丛中我置下一壶美酒，自斟自酌身边没有一个好友。举起酒杯邀请明月，算上身影恰成三个人。明月既不能把酒饮，身影何必徒然随着我身。暂且伴着明月和这身影，行乐须趁着这明媚之春。我唱起歌，明月在天空来回地走；我跳起舞，身影在地上七零八落。清醒时我们共同欢乐，酒醉后我们各自分离。但愿我们能结成忘情好友，相约重逢在遥远的天空。

春　思　李　白

▶原文

燕草如碧丝，秦桑低绿枝①。
当君怀归日，是妾断肠时。
春风不相识，何事入罗帏②？

▶注释

①燕：指今河北北部和辽宁西南一带，是征夫们戍边的地方。秦：今陕西一带，是征夫们的家乡。

②罗帏：即罗帐，丝绢做的帐子。

　　燕地的小草啊，已如碧绿的细丝，秦地的桑树，已低垂着浓密的绿枝。当你想着回归家园之日，已是我思念你而肝肠寸断之时。春风啊，我与你互不相识，为什么偏偏要进入我的丝帐中？

望　岳　杜　甫

▶原文

　　　　岱宗夫如何①？齐鲁青未了。
　　　　造化钟神秀，阴阳割昏晓。
　　　　荡胸生层云，决眦入归鸟。
　　　　会当凌绝顶，一览众山小。

▶注释

　　①岱宗：岱，是泰山的别称。宗，是首的意思，因泰山为五岳之首，所以用此称呼。

▶译文

　　五岳之首的泰山啊，你青青的山色把齐鲁两地都覆盖了。大自然把神奇和秀丽聚于你一身，山南山北的明暗判若朝夕。山上云层迭起荡我心胸，凝神远望，我目送着归林的飞鸟。总有一天我要登上山顶，看群山在你脚下变小。

赠卫八处士　杜　甫

▶原文

　　　　人生不相见，动如参与商①。

今夕复何夕，共此灯烛光。

少壮能几时？鬓发各已苍！

访旧半为鬼，惊呼热中肠。

焉知二十载，重上君子堂。

昔别君未婚，儿女忽成行。

怡然敬父执，问我来何方。

问答乃未已，驱儿罗酒浆。

夜雨剪春韭，新炊间黄粱②。

主称会面难，一举累十觞。

十觞亦不醉，感子故意长。

明日隔山岳，世事两茫茫。

▶注释

①参、商：参和商都是二十八星宿之一，两者不同时在天空中出现，比喻亲友不能会面，也比喻感情不和睦。此处指前者。

②新炊：刚蒸煮出的饭。间：掺和。黄粱：即黄小米。

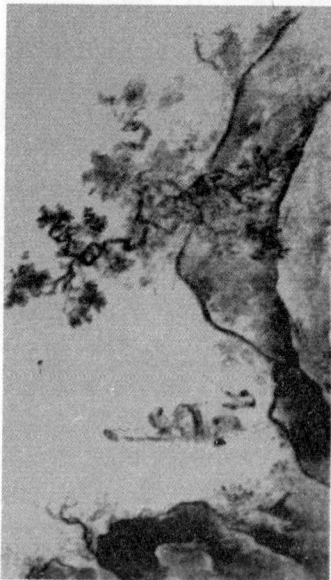

▶译文

　　我俩难以相见，就如那星宿中的参和商。今夜是什么好日子，我俩竟共有一盏烛光。少壮的日子有多少？我俩都已经白发苍苍。寻访旧友，他们大多已作古，这令我惊讶如火烧肝肠。哪知道二十年已经过去，我又来到你家厅堂。离别时你还未成婚，到如今已儿女成行。他们欢快地礼待父亲的老友，询问我来自何方。我还没回答完他们探询的一切，主人就已把酒宴摆好。冒夜雨去剪来了春韭，又把刚煮熟的小米饭呈上。主人称我们会面多么艰难，连连敬酒。我一连喝了十杯也无醉意，感谢你待故友情深意长。明日分离后，我们将被华山阻隔，相见的日期又变得多么渺茫。

佳 人 杜 甫

▶原文

> 绝代有佳人①，幽居在空谷。
> 自云良家子②，零落依草木。
> 关中昔丧乱，兄弟遭杀戮。
> 官高何足论，不得收骨肉。
> 世情恶衰歇，万事随转烛。
> 夫婿轻薄儿，新人美如玉。
> 合昏尚知时，鸳鸯不独宿。
> 但见新人笑，那闻旧人哭。
> 在山泉水清，出山泉水浊。
> 侍婢卖珠回，牵萝补茅屋。
> 摘花不插发，采柏动盈掬。
> 天寒翠袖薄，日暮倚修竹。

▶注释

　　①绝代有佳人：典出汉乐府李延年《北方有佳人歌》，"北方有佳人，绝世而独立。"因避唐太宗李世民讳，改"世"为"代"。

　　②良家子：古代泛指上层士族人家的后代。

▶译文

　　有一位容貌冠绝的美人，居住在幽静的山谷。自己述说出身名门望族，却流落在此陪伴草木。只因当年关中遭受战乱，家中兄弟惨遭杀戮。高官厚禄又有何用，被抛尸荒野至今骸骨未收。世态炎凉时常反复，一切犹如那风中的蜡烛。我嫁的丈夫是个轻薄儿郎，他又找了个新人美貌如玉。合欢花尚能信守时辰朝开夜合，鸳鸯鸟也知恩爱不只身独宿。他只看得见新人的欢笑，哪听得到旧人的啼哭。山中的泉水洁净清纯，出山的泉水就变得一片混浊。侍女变卖珍珠返回，与我牵起藤萝修补茅屋。采摘鲜花我从不用来装饰自己的鬓发，往往把柏树籽满满捧在手中。天寒了，我穿着薄衣单衫，日落后我倚着修长的绿竹。

梦李白（二首）　杜　甫

▶原文

一

死别已吞声，生别常恻恻。
江南瘴疠地①，逐客无消息。
故人入我梦，明我长相忆。
君今在罗网，何以有羽翼？
恐非平生魂，路远不可测。
魂来枫林青，魂返关塞黑。
落月满屋梁，犹疑照颜色。

水深波浪阔，无使蛟龙得！

二

浮云终日行，游子久不至。

三夜频梦君，情亲见君意。

告归常局促，苦道来不易：

江湖多风波，舟楫恐失坠。

出门搔白首，若负平生志。

冠盖满京华，斯人独憔悴！

孰云网恢恢？将老身反累！

千秋万岁名，寂寞身后事。

▶注释

①瘴疠地：古时南方因湿热生瘴气、山林中多蛇鼠蚊虫传播瘟疫而被视为畏途。

▶译文

死别虽令人无限悲痛，生别却更令人牵挂在心头。江南是瘴气疫病流行之地，你被流放到那里至今没有消息。老朋友终于来到我的梦中，表明我日夜在把你思念。你如今陷入罗网，怎能有羽翼奋飞？你不像当年的模样，路途遥远，吉凶难测。你来时枫林青青，你去时关塞幽黑。月光洒满屋梁，好像照着你的模样。水深波浪宽啊，你千万不要被蛟龙咬伤。

浮云整天在天空飘，远方的故人总是不到。接连三夜多次梦见你，可见你对我情深意重。你匆匆离去时再三诉说，来到这里实在不易：江河湖泊风急浪险，你走水道我担心翻船。出门时你搔着满头白发，好像在诉说辜负了平生志愿。京城中都是高官显贵，唯独你穷愁失意。谁说天理公平，你到老却反受牵累。你一定会千古留名，那却是你冷冷清清死后的事情。

送綦毋潜落第还乡　王　维

▶原文

圣代无隐者，英灵尽来归。
遂令东山客①，不得顾采薇。
既至金门远，孰云吾道非。
江淮度寒食，京洛缝春衣。
置酒长安道，同心与我违。
行当浮桂棹，未几拂荆扉。
远树带行客，孤城当落晖。
吾谋适不用，勿谓知音稀。

▶注释

①东山客：隐士，指綦毋潜。因东晋的谢安曾在会稽东山隐居过，后世遂用来指隐士隐居的地方。

▶译文

盛世没有了隐者，贤才归附了朝廷。使得那高人志士不再顾恋山林。你未能金榜高中，谁会说我们的主张不对？江淮间正度寒食佳节，京城里正在缝制春衣。我在长安古道摆上酒宴，与知已话别分离。你就要乘船归去，不久就要回到家门。远方的山林就要湮没你的身影，这孤独的山城也将洒满夕阳的余晖。我们的谋略暂时不被重用，不要以为这世上没有了知音。

送　别　王　维

▶原文

下马饮君酒①，问君何所之？

君言不得意，归卧南山陲。
但去莫复问，白云无尽时。

▶注释

①饮：这里是使动用法，"使……饮"的意思。

▶译文

我下马为你置酒，问你去往何方。你说人生不得意，归去隐居南山之旁。你只管去吧，我不用再问，那里白云悠悠，无忧无虑。

青 溪① 王 维

▶原文

言入黄花川，每逐青溪水。
随山将万转，趣途无百里。
声喧乱石中，色静深松里。
漾漾泛菱荇，澄澄映葭苇。
我心素已闲，清川澹如此。
请留盘石上，垂钓将已矣。

▶注释

①青溪：在今陕西沔县之东。

▶译文

进入黄花川，我常追逐青溪的流水。路途还不到百里，溪水随山转了千万回。水声在乱石中发出喧嚣的声音，水色在松林中伴着宁静。菱角和荇菜在水面荡漾，岸边映着芦苇的倒影。我的心向来淡泊恬静，清淡如这清川之水。就留在这盘石之上吧，以垂钓来了却我的余生。

渭川田家① 王 维

▶原文

> 斜光照墟落，穷巷牛羊归。
> 野老念牧童，倚杖候荆扉。
> 雉雊麦苗秀，蚕眠桑叶稀。
> 田夫荷锄至，相见语依依。
> 即此羡闲逸，怅然吟《式微》。

▶注释

①渭川：即渭水，是陕西的一条主要河流。

▶译文

夕阳照着村庄，牛羊回到了小巷。老人盼着牧童归来，拄着拐杖守在门旁。野鸡鸣唱，麦苗开花。蚕儿睡眠，桑叶稀疏。农夫扛锄下地，相见言语亲密。看到这些，我羡慕田家的清闲安逸，却只能怅然叹息，吟诵诗章《式微》。

西施咏 王 维

▶原文

> 艳色天下重，西施宁久微？
> 朝为越溪女，暮作吴宫妃。
> 贱日岂殊众，贵来方悟稀。

邀人傅脂粉，不自着罗衣。
君宠益娇态，君怜无是非。
当时浣纱伴，莫得同车归。
持谢邻家子，效颦安可希①？

▶注释

①颦：皱眉头。

▶译文

　　美丽的容貌天下人都会看重，西施岂能长久卑微？早上还是越溪浣纱女，晚上便成了吴宫的王妃。卑微时并未与众不同，尊贵时才发现她是世上少有的美人。叫别人为自己梳妆打扮，自己也不动手穿衣。君王的宠幸使她更添万般娇态，君王爱怜她便不辨是非。当时一起浣纱的女伴，无人能与她同车享受荣华富贵。奉劝那些邻家女子，仿效别人怎么能够得意？

宿业师山房待丁大不至① 孟浩然

▶原文

夕阳度西岭，群壑倏已暝。
松月生夜凉，风泉满清听。
樵人归欲尽，烟鸟栖初定。
之子期宿来，孤琴候萝径。

▶注释

①业师：疑即诗人在《疾愈过龙泉寺精舍呈易业二上人》中的业上人，禅师和上人都是对和尚的尊称。丁大：名凤，是诗人同乡。

▶译文

夕阳沉下了西岭，群山忽然进入黄昏。明月爬上松梢，夜色满含凉意。风送泉鸣，我听着它清脆的回音。樵夫们都已回去，雾霭中的小鸟也归巢安定。丁兄约定来此住宿，我独自抱琴等候在爬满青萝的小径。

同从弟南斋玩月忆山阴崔少府① 王昌龄

▶原文

> 高卧南斋时，开帷月初吐。
> 清辉淡水木，演漾在窗户。
> 荏苒几盈虚，澄澄变今古。
> 美人清江畔，是夜越吟苦。
> 千里共如何，微风吹兰杜。

▶注释

①从弟：即堂弟。 山阴：今浙江绍兴市。崔少府：名国辅，曾任山阴县尉、许昌令等，是一位诗人。少府，对县尉的美称。

▶译文

我安闲地住在南斋时，拉开窗帘便见新月在东山升起。明月的清辉在水面和树间流动，水波映着月影在窗户间荡漾。岁月流逝伴着你多少回圆了又缺，你明丽的光辉照着人世间无穷的变迁。友人今夜定在清江之畔苦吟诗篇。我与他虽遥隔千里，却同被明月高照，他的声名就如微风吹来兰杜的馨香。

春泛若耶溪 綦毋潜

▶原文

> 幽意无断绝，此去随所偶。

晚风吹行舟，花路入溪口①。

际夜转西壑，隔山望南斗。

潭烟飞溶溶，林月低向后。

生事且弥漫，愿为持竿叟。

▶注释

①溪口：即若耶溪，在今浙江绍兴市东南，相传西施曾在溪中浣纱。

▶译文

我探寻幽雅处所的愿望没有停止，一路上所见到的景色各不相同。晚风吹送着我的行舟，船在两岸开满鲜花的河流上荡进溪口。傍晚又转入西边的山谷，隔山可仰望天空的南斗。宽阔无际的潭面雾气飘飞，林中的月亮落在行舟的背后。世事多么渺茫，我情愿做一个钓鱼翁。

宿王昌龄隐居 常　建

▶原文

清溪深不测，隐处惟孤云①。

松际露微月，清光犹为君。

茅亭宿花影，药院滋苔纹。

余亦谢时去，西山鸾鹤群。

▶注释

①孤云：即指天空的云，作者以"孤"突出它的特异和隐居地的幽静，同时它又是贫士的代称。

▶译文

清溪的深浅无法探测，但见你隐居之处彩云飘动。松林里露出些许月色，那明月的光辉照耀着你。茅草亭台停伫着花影，种药的庭院印着苔纹。我将辞谢时人离去，隐居西山与鸾鹤同群。

初发扬子寄元大校书① 韦应物

▶原文

凄凄去亲爱，泛泛入烟雾。
归棹洛阳人，残钟广陵树。
今朝此为别，何处还相遇？
世事波上舟，沿洄安得住②！

▶注释

①扬子：即扬子津渡口，在今江苏江都县南，长江北岸。校书：官名，即校书郎。

②沿：指顺流。洄：水流回旋。这句是说世事的变化无常，就像波上的船不能停驻。

▶译文

凄凄然离开亲爱的朋友，我乘船行驶在烟雾茫茫的江中。乘船向洛阳进发的我，回望广陵，只听到沉钟声从朦胧的烟树中隐隐传来。今天在这里与你相别，在什么地方才能再与你相逢？世事就如同风浪中的小舟，哪能在水流中长久停留！

寄全椒山中道士① 韦应物

▶原文

今朝郡斋冷，忽念山中客。
涧底束荆薪，归来煮白石②。

欲持一瓢酒，远慰风雨夕。
落叶满空山，何处寻行迹？

▶注释

①全椒：今安徽全椒县。有神山在城西三十里，有洞极深，为道士所居。

②煮白石：出自葛洪《神仙传》，"白石先生者，中黄丈人弟子也。尝煮白石为粮。"喻全椒山中道士的清高。

▶译文

今天在官舍里感到寂寞寒冷，忽然特别想念山中的故人。我想他此时正在山沟里捆柴束薪，回来时一定是在煮白石为食。我想带一壶酒去将他探望，在这风雨之夜送给他慰藉。落叶盖满了空旷的山林，我又到哪里去寻觅他的踪影？

乐 府

塞下曲　王昌龄

▶原文

饮马度秋水，水寒风似刀。

平沙日未没，黯黯见临洮①。

昔日长城战②，咸言意气高。

黄尘足今古，白骨乱蓬蒿。

▶注释

①黯黯：一片阴暗。临洮：今甘肃临洮县，是长城在西部的起点。

②长城战：指唐开元二年八月，吐蕃扰临洮军，唐派遣薛纳等击之，同年十月，大破吐蕃于武街，斩获万人。

　　饮好战马渡过秋天的河水，水很凉，寒风好似尖刀。平旷的沙漠上太阳还未西沉，昏暗中隐约望见远处的临洮。过去在长城边的苦战，人们都说将士们的士气很高。自古以来沙漠上黄尘飞舞，白骨累累散在蓬蒿中。

子夜吴歌① 李 白

▶原文

<blockquote>
长安一片月，万户捣衣声。
秋风吹不尽，总是玉关情。
何日平胡虏，良人罢远征②。
</blockquote>

▶注释

　　①子夜吴歌：六朝乐府《清商曲·吴声歌》曲名，多写眷恋和哀怨的感情，分春、夏、秋、冬四季，这一首是秋歌。
　　②良人：即丈夫。

▶译文

　　长安城里洒满了月色，千家万户捣衣声声。吹不尽的阵阵秋风，就如我对戍守关外的丈夫的思念之情。何时才能平定胡寇，丈夫不再去关外远征？

长干行① 李 白

▶原文

<blockquote>
妾发初覆额，折花门前剧。
郎骑竹马来，绕床弄青梅。
</blockquote>

同居长干里②，两小无嫌猜。

十四为君妇，羞颜未尝开。

低头向暗壁，千唤不一回。

十五始展眉，愿同尘与灰。

常存抱柱信③，岂上望夫台。

十六君远行，瞿塘滟滪堆。

五月不可触，猿声天上哀。

门前迟行迹，一一生绿苔。

苔深不能扫，落叶秋风早。

八月蝴蝶黄，双飞西园草。

感此伤妾心，坐愁红颜老。

早晚下三巴④，预将书报家。

相迎不道远，直至长风沙。

▶注释

①长干行：乐府《杂曲歌辞》旧题。

②长干里：旧址在今南京市南，有大长干和小长干，靠近长江，是船民行商集中之地，《长干行》最初是这里的歌谣。

③抱柱信：话出《庄子·盗跖》篇，尾生和一女子约在桥下幽会，女子没来而忽然水涨，尾生守信不肯离开，抱着桥柱被水淹死。

④三巴：指巴郡、巴东、巴西三郡，在今四川东部。

▶译文

我的头发长得刚覆盖前额，攀下花枝在家门前嬉戏。你把竹竿当马骑来，我们绕着

坐椅手持青梅互相追逐。一同居住在长干里，你我年少，感情融洽，没有猜疑。十四岁时我嫁你为妻，怕羞的容颜总是难得改变。低头坐着面向墙角暗处，叫我千次我也不肯回头看你一眼。十五岁时我才开始舒展双眉不再害羞，即使化为灰尘，我也愿与你相合相依。我常想我们长相厮守，哪里会想到分离的苦楚。我十六岁时你离家远行，渡过瞿塘的险滩滟滪去经商。五月里长江涨水，你坐船而下，我担心船夫看不清江中险礁。猿猴的悲鸣声响彻天空，我担心你在旅途中发愁。门前你我走过的小路，全都生了绿苔。绿苔越来越厚，我无法打扫，树叶一天天飘落，秋风来得太早。八月里的蝴蝶长得嫩黄，一双双飞到西园戏芳草。对此我心里真悲伤，只愁红颜易老。你何时东下三巴，事先要报信到家。我去迎接你不怕路远，一直走到长风沙。

游子吟 孟 郊

▶原文

> 慈母手中线，游子身上衣。
> 临行密密缝，意恐迟迟归。
> 谁言寸草心，报得三春晖①！

▶注释

①春晖：春天的阳光，比喻母爱。

▶译文

慈母手中拿着针线，缝制着游子身穿的衣裳。临行前一针一线密密地缝，生怕儿子迟迟不归。小草向着太阳，就像儿女心向母亲。儿女付出小草一般的情，哪能报得了母亲太阳般的恩泽呢！

七言古诗

登幽州台歌① 陈子昂

▶原文

前不见古人，后不见来者。
念天地之悠悠，独怆然而涕下！

▶注释

①幽州台：本名蓟北楼，故址在今北京大兴区。

▶译文

我出生得太晚，没能见到古代的俊贤；人生有限，我也无法见到未来的俊贤。我深深地感到宇宙广阔无边，时光漫长绵延，唯独我独自悲伤得热泪涟涟。

听董大弹胡笳弄兼寄语房给事 李 颀

▶原文

蔡女昔造胡笳声，一弹一十有八拍。
胡人落泪沾边草，汉使断肠对归客。
古戍苍苍烽火寒，大荒沉沉飞雪白。
先拂商弦后角羽，四郊秋叶惊摵摵。

董夫子，通神明，深山窃听来妖精。
言迟更速皆应手，将往复旋如有情。
空山百鸟散还合，万里浮云阴且晴。
嘶酸雏雁失群夜，断绝胡儿恋母声。
川为净其波，鸟亦罢其鸣。
乌孙部落家乡远，逻娑沙尘哀怨生。
幽音变调忽飘洒，长风吹林雨堕瓦。
迸泉飒飒飞木末，野鹿呦呦走堂下。
长安城连东掖垣①，凤凰池对青琐门②。
高才脱略名与利，日夕望君抱琴至。

▶注释

①东掖垣：唐代门下、中书两省，在皇宫的东西两边，房琯所任的给事中属门下省，称东掖垣。

②凤凰池：中书省的美称，主管起草诏令。

▶译文

从前蔡琰用胡笳调谱乐章，谱成了《胡笳十八拍》。胡人听着此曲，落泪沾湿了边塞上的荒草，汉使面对归汉的文姬也悲伤断肠。一路上只见哨所深黑，烽火台还透着战争的寒意，边地的原野一片阴沉，飞舞着白雪。董大师弹了商调又弹角羽，郊外秋叶被惊风吹落。董大师高超的技艺能感召神灵，

深山老林的妖精也赶来偷听。慢弹快弹都弹得得心应手，指法往返凝聚着深情。那琴声如空山的飞鸟飞散又合拢，万里浮云聚拢变阴却忽又云散天晴。弹奏雏雁在黑夜里失群哀叫，就像那胡儿与母亲分离时的哭声。江河风平浪静，鸟也不再啼鸣。琴声倾诉了乌孙公主远离家乡的思念，文成公主嫁与异邦的哀怨之情。幽怨的音调忽然变得高昂飘洒，如大风掀起了林涛，屋顶的瓦面响着阵阵的雨声。如流泉飞泻飘落在树枝，如林中的野鹿在堂下呦呦啼鸣。长安城的皇宫东连着房公的官府墙，出门面对着皇帝的宫门。你才高不被名利累，夕阳下盼着董大师抱琴而来。

夜归鹿门歌① 孟浩然

▶原文

山寺钟鸣昼已昏，渔梁渡头争渡喧。
人随沙岸向江村，余亦乘舟归鹿门。
鹿门月照开烟树，忽到庞公栖隐处。
岩扉松径长寂寥，唯有幽人自来去。

▶注释

①鹿门：山名，在今湖北襄阳县东南。

▶译文

日入黄昏，山中的寺院敲响了晚钟，渔梁渡口的人们争着过河，语声喧闹。人们沿着沙岸向江村走去，我也乘船回到鹿门山。明月把鹿门山的树木照耀得清晰明朗。一会儿来到庞公隐居的地方。岩壁当门对着松林夹路显得十分空洞寂静，来去自由的只有我这个幽居的人。

庐山谣寄卢侍御虚舟[①]　李　白

▶原文

> 我本楚狂人，凤歌笑孔丘。
> 手持绿玉杖，朝别黄鹤楼。
> 五岳寻仙不辞远，一生好入名山游。
> 庐山秀出南斗旁[②]，屏风九叠云锦张，
> 影落明湖青黛光。
> 金阙前开二峰长，银河倒挂三石梁[③]。
> 香炉瀑布遥相望，回崖沓嶂凌苍苍。
> 翠影红霞映朝日，鸟飞不到吴天长。
> 登高壮观天地间，大江茫茫去不还。
> 黄云万里动风色，白波九道流雪山。
> 好为庐山谣，兴因庐山发。
> 闲窥石镜清我心[④]，谢公行处苍苔没[⑤]。
> 早服还丹无世情，琴心三叠道初成。
> 遥见仙人彩云里，手把芙蓉朝玉京[⑥]。
> 先期汗漫九垓上，愿接卢敖游太清[⑦]。

▶注释

　　①庐山：在今江西九江市南。传说周武王时，匡裕兄弟七人都有道术，结庐在此，仙去后空庐尚存，所以以此称呼。谣：不合乐的歌行，更接近口头文学。卢侍御虚舟：字幼真，范阳（今北京大兴区）人，肃宗时任殿中侍御史，故称卢虚舟为卢侍御。

　　②南斗：星宿名。

　　③三石梁：《述异记》，"庐山有三石梁，长数十丈，广不盈尺。"

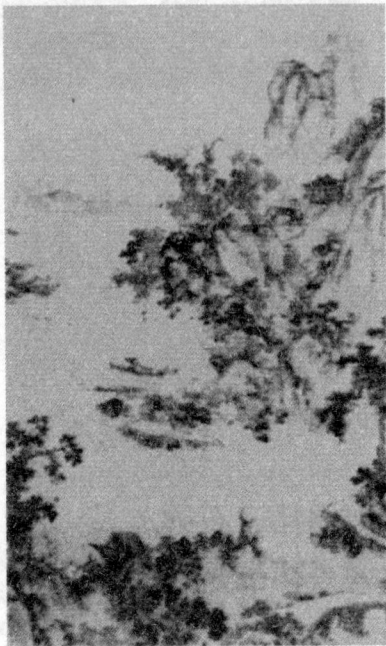

梁，即长桥。

④石镜：语出《太平寰宇记》，"石镜在东山悬崖之上，其状团圆，近之则照见形影。"

⑤谢公：指南朝宋诗人谢灵运。

⑥玉京：道教称元始天尊的住处为玉京山。

⑦卢敖：语出《淮南子·道应训》，燕人卢敖游北海，见一怪人，卢敖邀他同游，那人笑道："吾与汗漫期于九垓之外，吾不可以久驻。"太清：道家指高远的天空。

▶译文

我本来就是楚国的狂人，高唱凤歌嘲笑孔丘。拿着镶有碧玉的手杖，清早辞别了黄鹤楼。我去五岳寻访神仙不怕路远，一生喜欢去名山漫游。庐山高耸在天空的南斗边，九叠云屏如锦绣般张开，山影映在澄碧的鄱阳湖中，泛着青光。石门山前耸立的香炉、双剑二峰很高，瀑布如银河倒挂在三石梁。与香炉山的瀑布遥遥相望，重峦叠嶂高耸直入云天。朝日映着香炉峰，景山顶披着彩霞，鸟飞不到山顶，吴天辽阔宽广。我登上高处把天地纵目远望，长江滔滔东去不复还。风吹黄云，气象万千，长江流为九道掀起白波如雪山。我喜欢为庐山作歌，诗兴因庐山而发。闲时观看石镜使我心清，感叹谢公走过的地方已被青苔遮没。我愿早日服下仙丹断绝世俗之情，修炼琴心三叠学道就会成。我好像远远地看见神仙就在彩云里，手捧莲花进玉京。我与汗漫约好在九天之上相会，愿迎接卢敖遨游太虚仙境。

梦游天姥吟留别① 李 白

▶原文

海客谈瀛洲②，烟涛微茫信难求。

越人语天姥，云霓明灭或可睹。

天姥连天向天横，势拔五岳掩赤城③。

天台四万八千丈④，对此欲倒东南倾。

我欲因之梦吴越，一夜飞度镜湖月。

湖月照我影，送我至剡溪⑤。

谢公宿处今尚在，渌水荡漾清猿啼。

脚著谢公屐，身登青云梯。

半壁见海日，空中闻天鸡⑥。

千岩万转路不定，迷花倚石忽已暝。

熊咆龙吟殷岩泉，慄深林兮惊层巅。

云青青兮欲雨，水澹澹兮生烟。

列缺霹雳，丘峦崩摧。

洞天石扉，訇然中开。

青冥浩荡不见底，日月照耀金银台。

霓为衣兮风为马，云之君兮纷纷而来下⑦。

虎鼓瑟兮鸾回车⑧，仙之人兮列如麻⑨。

忽魂悸以魄动，恍惊起而长嗟。

惟觉时之枕席，失向来之烟霞。

世间行乐亦如此，古来万事东流水。

别君去兮何时还，且放白鹿青崖间，

须行即骑访名山。

安能摧眉折腰事权贵，使我不得开心颜！

▶注释

①天姥：山名，在今浙江新昌县东北。

②瀛洲：《史记·秦始皇本纪》，"齐人徐市具书言海中有三神山，名曰蓬莱、方丈、瀛洲，仙人居之。"

③赤城：山名，在今浙江天台县境内。

④天台：山名，在今浙江天台县北。

⑤剡溪：在今浙江嵊县南，曹娥江的上游。周围多名山，历代诗人吟咏很多。

⑥天鸡：据古代神话传说，东南桃都山有一棵大树叫桃都，非常高大，上有天鸡，"日初照此木，天鸡则鸣，天下之鸡皆随之鸣"。（任昉《述异记》）

⑦云之君：即云神，屈原《九歌》中有《云中君》篇。

⑧虎鼓瑟：语出《西京赋》，"总会仙侣，戏豹舞黑。白虎鼓瑟，苍龙吹簏。"鸾回车：典出《太平御览》，"太微之帝，登白鸾之车。"

⑨仙之人：典出上元夫人《步元曲》，"忽过紫微垣，真人列如麻。"喻仙人众多。

► 译文

航海的人谈起瀛洲，大海烟波浩渺，瀛洲实在难以找到。越中人向我谈起天姥山的奇景，它在云霞中忽隐忽现或许可以看见。天姥山与天相接横断天空，山势高过了五岳，遮蔽了赤城。天台山高过四万八千丈，面对天姥像要向东南倾斜。我因越中人谈起天姥，梦中到了吴越，一夜之间在明月下飞到了镜湖。湖上的明月照着我的身影，伴着我到了剡溪。谢公当年的住处至今还在，清水荡漾猿声凄清。我穿上谢公当年的登山木屐，登上高峻的山岭。半山腰上就看见太阳从海上升起，听到在半空中天鸡的啼鸣。我在重重叠叠的山岩中千回万转，辨不清路，迷恋着鲜花，依倚着奇石，日色已经昏沉。熊在咆哮，龙在长吟，岩石和泉水间发出轰鸣，深

林在战栗，山峰受震惊。云黑沉沉的像要下雨，水波荡漾升起白烟。电光闪闪，雷声隆隆，山峦为之崩塌。仙府的石门，訇的一声敞开。仙府的天地辽阔迷茫，日月照耀着神仙住的金银台。他们穿着彩霞制成的衣裳，以长风为骏马，云中君带着众仙纷纷从天而降。老虎弹琴，鸾鸟驾车，众神仙排列得密密麻麻。忽然间我魂惊魄动，猛然间醒来感慨长叹。醒来后只见枕头和床席，失去了梦中的烟雾云霞。人间的快乐也如梦中幻影，自古以来万事如东逝的流水。离别你们而去，何时才能回还？我暂且把白鹿放在青青的山崖边，要走时就骑着它去寻访名山。我怎能低头弯腰去侍奉权贵，使我的心怀永远不能舒坦呢？

金陵酒肆留别[①] 李 白

▶原文

> 风吹柳花满店香，吴姬压酒劝客尝[②]，
> 金陵子弟来相送，欲行不行各尽觞。
> 请君试问东流水，别意与之谁短长？

▶注释

①金陵：今江苏省南京市。酒肆：即酒店。
②吴姬：吴地的女子，这里指酒店里劝酒的侍女。

▶译文

和风吹着柳花，酒店里透着清香，吴地酒家中的侍女捧出美酒，热情地劝客品尝。金陵的年轻人前来送我，我与大家尽情地举觞。请你们问东去的流水，我们之间的离情别意与它相比，谁短谁长？

宣州谢朓楼饯别校书叔云[①] 李 白

▶原文

> 弃我去者昨日之日不可留，

乱我心者今日之日多烦忧。
长风万里送秋雁，对此可以酣高楼。
蓬莱文章建安骨②，中间小谢又清发③。
俱怀逸兴壮思飞，欲上青天揽明月。
抽刀断水水更流，举杯销愁愁更愁。
人生在世不称意，明朝散发弄扁舟。

▶注释

①宣州：今安徽省宣城县。校书：秘书省校书郎的简称。叔云：诗人的族叔李云。

②蓬莱：是传说中的海上神山，相传仙府的图书都藏在这里。建安：是汉献帝的年号，其时曹操父子和建安七子所作诗文刚健清新，后称为"建安风骨"。

③小谢：指谢朓，南朝齐诗人。南朝宋还有另一诗人谢灵运因在谢朓之前，后人称谢灵运为"大谢"。

▶译文

过去的岁月弃我而去，不能挽留；现在的时日扰乱着我的心，使我有许多烦忧。万里长风吹送着秋雁，面对这美好的秋景我酣饮在这高楼。蓬莱的文章和建安时期的诗文风骨，六朝的谢朓诗文清新隽永。他们都怀着豪情壮志，文采飞扬，就如登上青天采摘明月。我抽出宝剑欲斩断流水，流水却越发向前奔流；我举起酒杯欲浇灭忧愁，忧愁不灭却更加烦愁。我在这人世间有许多不如

意，不如明天披头散发去驾小舟。

白雪歌送武判官归京　岑　参

▶原文

> 北风卷地白草折①，胡天八月即飞雪。
> 忽如一夜春风来，千树万树梨花开。
> 散入珠帘湿罗幕，狐裘不暖锦衾薄。
> 将军角弓不得控，都护铁衣冷难着。
> 瀚海阑干百丈冰，愁云惨淡万里凝。
> 中军置酒饮归客，胡琴琵琶与羌笛。
> 纷纷暮雪下辕门，风掣红旗冻不翻。
> 轮台东门送君去，去时雪满天山路。
> 山回路转不见君，雪上空留马行处。

▶注释

①白草：《汉书·西域传》，"鄯善国多白草。"颜师古注，"白草，草之白者，似莠而细，无芒，其干熟时正白色，牛马所嗜也。"

▶译文

北风卷地而来，白草都被吹折，边塞八月里就白雪飘飞。忽然就如一夜之间春风吹来，像千万树梨花处处盛开。雪花飘进珠帘沾湿了罗幕，穿着狐皮袍不感到温暖，盖着丝棉被也觉得单薄。将军的双手冻得拉不开弓，都护的铠甲冷得难以穿着。沙漠纵横，处处冰天雪地，天空昏暗，万里阴云凝聚。营帐中设下酒席宴请归京的客人，为助酒兴弹奏起胡琴琵琶，吹奏起羌笛。暮色昏暗，辕门外大雪仍在纷纷飘落。寒风呼啸，红旗被冻结不再飘扬。我在轮台的东门送你离去，你去时大雪覆盖了天山的道路。道路在山中盘旋，渐渐地我见不到你的身影，雪地上只留下你骑马踏过的蹄印。

观公孙大娘弟子舞剑器行① 杜 甫

▶原文

昔有佳人公孙氏，一舞剑器动四方。

观者如山色沮丧②，天地为之久低昂③，

熀如羿射九日落④，矫如群帝骖龙翔。

来如雷霆收震怒，罢如江海凝清光。

绛唇珠袖两寂寞，晚有弟子传芬芳。

临颍美人在白帝⑤，妙舞此曲神扬扬。

与余问答既有以，感时抚事增惋伤。

先帝侍女八千人，公孙剑器初第一。

五十年间似反掌，风尘澒洞昏王室。

梨园弟子散如烟，女乐馀姿映寒日。

金粟堆南木已拱，瞿唐石城草萧瑟。

玳筵急管曲复终，乐极哀来月东出。

老夫不知其所往，足茧荒山转愁疾。

▶注释

①公孙大娘：唐开元年间著名的女舞蹈家，精于剑器舞。剑器：一种武舞。行：古诗的一种体裁。

②色沮丧：犹脸色改变

③低昂：形容天地为之震动。

④熀：闪光貌。

⑤白帝：城名，故址在今四川奉节县东，这里指夔州。

▶译文

从前有一位姓公孙的美人，一舞起《剑器》便名震四方。观看舞

蹈的人人山人海，她惊奇的舞技使人们面容变色，仿佛天地也随着舞蹈在起伏。剑光闪耀如后羿把九个太阳射落，舞姿矫健如天帝驾着祥龙飞翔。鼓乐骤歇，舞者登场，如雷霆万钧突然停止震响。剑舞终止，全场寂静，如江海凝聚着清光。公孙大娘亡故，人们再也看不到她的剑舞。幸好后来的弟子李十二娘把她的舞艺传扬。临颖美人来到白帝城，奇妙地把《剑器》舞得神采飞扬。回答我的提问她道出了原委，追忆往事，感念时势，增添我的慨惜与悲伤。先帝的艺人有八千，公孙大娘的《剑器》舞本来就数第一。五十年时光流逝如反掌，战火接连不断，王室走向衰亡。梨园子弟四处分散如飘荡的云烟，只有李十二娘的舞姿尚有盛唐风韵，与这孟冬的寒日相映。金粟山前先帝陵墓的树木已能合抱，瞿塘峡旁白帝城的荒草萧瑟。弦管乐曲已终止，乐往哀来，寒月已在东方升起。我不知该何去何从，多年来在荒山上奔走，脚底起了老茧，越来越愁苦。

山 石 韩 愈

▶原文

山石荦确行径微，黄昏到寺蝙蝠飞。

升堂坐阶新雨足，芭蕉叶大栀子肥。

僧言古壁佛画好，以火来照所见稀。

铺床拂席置羹饭，疏粝亦足饱我饥。

夜深静卧百虫绝，清月出岭光入扉。

天明独去无道路，出入高下穷烟霏。

山红涧碧纷烂漫，时见松枥皆十围。

当流赤足踏涧石，水声激激风吹衣。

人生如此自可乐，岂必局束为人靰。

嗟哉吾党二三子①，安得至老不更归！

▶注释

①吾党：典出《论语·公冶长》，"归与！归与！吾党之小子狂简。"朱熹注，"吾党小子，指门人之在鲁者。"这里是指志同道合的人。二三子：语出《论语·述而》，"吾无行而不与二三子者，是丘也。"这里当几位解。

▶译文

山间的石头小路险峻不平又狭窄，黄昏时进入寺院只看见蝙蝠在飞。进入客堂我坐在台阶上观寺院风景，刚下足了一场好雨，芭蕉叶特别大，栀子的花朵也格外肥。和尚告诉我古壁上的佛画很精彩，用灯火照着让我观赏，的确是少见的好画。和尚给我准备了床铺，糙米饭也足以充饥。深夜里我静静躺卧，听不见虫声唧唧，朗月从山岭那边升起，清光洒进了窗户。天明时我独自去漫游，道路在雾中难以辨认。我走出一个山谷，又进入一个山谷，直到云雾散尽。山中的红花与涧下的碧水相互辉映，时而看见松树、栎树有十多围粗。遇着溪水，我打赤脚踏着涧石行走，水流湍急，和风阵阵吹我衣。人生在世能享受这样优美的风景已经非常快乐，何必拘束受别人限制。唉，与我志同道合的那几位朋友，难怪到老都不愿回归官场呢！

八月十五夜赠张功曹^①　韩　愈

▶原文

　　纤云四卷天无河，清风吹空月舒波。

　　沙平水息声影绝，一杯相属君当歌。

　　君歌声酸辞正苦，不能听终泪如雨。

　　洞庭连天九疑高，蛟龙出没猩鼯号。

　　十生九死到官所，幽居默默如藏逃。

　　下床畏蛇食畏药，海气湿蛰熏腥臊^②。

　　昨者州前捶大鼓，嗣皇继圣登夔皋。

　　赦书一日行千里^③，罪从大辟皆除死。

　　迁者追回流者还，涤瑕荡垢清朝班。

州家申名使家抑，坎坷只得移荆蛮。
判司卑官不堪说，未免捶楚尘埃间④。
同时流辈多上道，天路幽险难追攀。
君歌且休听我歌，我歌今与君殊科。
一年明月今宵多，人生由命非由他，
有酒不饮奈明何。

► **注释**

①张功曹：名署。德宗贞元十九年与韩愈同任监察御史，由于天气大旱，和李方叔三人同上奏章，请减免关中税役，言官市之弊，惹恼德宗，被贬官南方。写此诗时，张署官江陵府功曹参军，所以称张功曹。

②海气：湿气。湿蛰：活动于潮湿之地的蛇蝎虫鼠。熏腥臊：指散发出来的腥臭之气。

③赦书：指宪宗改贞元二十一年为永贞元年，八月五日颁大赦令。

④判司：唐代对诸曹和参军的通称。捶楚：俗称打板子。

► **译文**

微云四处散开看不清天上的银河，清风吹拂，明月洒下光波。沙岸平静，河水无声，四处一片寂静，劝你饮一杯美酒再听你唱歌。你的歌声多么酸楚，言辞又多么悲苦，还未听完歌曲我已泪落如雨。洞庭湖连着蓝天，九疑山高入云霄，水中蛟龙出没，山中猩猩鼯鼠哀号。一路跋涉，九死一生来到贬谪之所，在偏远的地方住着，郁郁寡欢，如逃犯般地躲藏潜逃。下床怕蛇咬，吃东西怕中毒，潮气掺杂着虫蛇的毒气，都散发着臭味和腥臊。前几天州署门前擂响了大鼓，新皇帝继位，选用贤臣如夔和陶皋。送赦书的官吏一日骑行千余里，宣告判死罪的人也免去死刑。迁谪、流放的人都被召回，清除积弊，整顿朝纲。刺史将我的名字向上申报，观察史凭借权力又把我压制，我多么倒霉又被贬到这荒僻的荆蛮。身为判司，官职卑微，其间的苦楚我无法诉说，免不了伏在地上受上司的鞭打。与我同时遭贬的人都上路回京，进身朝廷的路幽暗艰险我难以攀登。你的歌不要再唱，且听我来唱，我的歌与你大不一样。

一年中的明月就数今晚最圆最亮，人生的一切全由命运做主，没有别的原因，今宵有美酒不畅饮，又如何对得住明月！

石鼓歌　韩　愈

▶原文

张生手持石鼓文①，劝我试作石鼓歌。
少陵无人谪仙死，才薄将奈石鼓何。
周纲陵迟四海沸，宣王愤起挥天戈。
大开明堂受朝贺②，诸侯剑佩鸣相磨。
蒐于岐阳骋雄俊，万里禽兽皆遮罗。
镌功勒成告万世，凿石作鼓隳嵯峨。
从臣才艺咸第一，拣选撰刻留山阿。
雨淋日炙野火燎，鬼物守护烦㧑呵。
公从何处得纸本。毫发尽备无差讹。
辞严义密读难晓，字体不类隶与蝌③。
年深岂免有缺画，快剑斫断生蛟鼍。
鸾翔凤翥众仙下，珊瑚碧树交枝柯。
金绳铁索锁纽壮，古鼎跃水龙腾梭。
陋儒编诗不收入，二雅褊迫无委蛇。
孔子西行不到秦，掎摭星宿遗羲娥。
嗟余好古生苦晚，对此涕泪双滂沱。
忆昔初蒙博士征，其年始改称元和。
故人从军在右辅，为我度量掘臼科。
濯冠沐浴告祭酒，如此至宝存岂多？
毡包席裹可立致，十鼓只载数骆驼。

荐诸太庙比郜鼎④，光价岂止百倍过？

圣恩若许留太学，诸生讲解得切磋。

观经鸿都尚填咽⑤，坐见举国来奔波。

剜苔剔藓露节角，安置妥帖平不颇。

大厦深檐与盖覆，经历久远期无佗。

中朝大官老于事，讵肯感激徒媕娿。

牧童敲火牛砺角，谁复著手为摩挲。

日销月铄就埋没，六年西顾空吟哦。

羲之俗书趁姿媚，数纸尚可博白鹅。

继周八代争战罢，无人收拾理则那？

方今太平日无事，柄任儒术崇丘轲。

安能以此上论列，愿借辩口如悬河。

石鼓之歌止于此，呜呼吾意其蹉跎。

▶注释

①张生：名彻，贞元十二年从韩愈学，韩愈曾为其作《幽州节度判官清河张君基志铭》。

②明堂：天子颁布政教、接见诸侯的地方。

③隶：是篆书后的一种字体。蝌：即蝌蚪文，相传是周时一种古文字体，头大尾小，用漆或刀刻于竹简、木牍之上，状如蝌蚪。

④太庙：皇家的祠堂。郜：郜是诸侯国名，今山东城武县。

⑤观经：典出《后汉书·蔡邕传》："熹平四年，乃与五宫中郎将堂谿典……等奏求正定六经文字，灵帝许之。邕乃自书册于碑，使工镌刻，立于太学门外，於是后儒晚成，咸取正焉。及碑始立，其观视及摹写者，车乘日千余两（辆），填塞街陌。"鸿都：典出《后汉书·

▶译文

　　张生手捧着石鼓文，劝我作一首石鼓歌。杜甫、李白都已离开人间，我才学浅薄写不好石鼓歌。周朝的纲纪衰败，天下大乱，周宣王为平定天下挥动了干戈。天子大开明堂受到朝臣的祝贺，诸侯们接踵而至，腰间的宝剑和佩玉相撞相磨。周天子带领人马奔驰在岐阳的路上，所有的禽兽都落入罗网。为了刻石记功昭告后代，开山凿石制作成石鼓毁坏高山。臣子们的文采在天下属第一，他们挑选石鼓刻上字把它留在山脚。它们被雨淋日晒野火烧烤而安然无恙，这全靠鬼神们的百般呵护。张生从哪里得了拓本？这拓本十分准确没有丝毫误差。文辞严谨，逻辑周密，难于读懂，字体不像隶书，又不像古代蝌蚪文。因年代久远，石鼓上的文字笔画难免有缺损，好像利剑斩断了活生生的蛟和鼍，又像是鸾凤飞翔群仙降临，又像是珊瑚碧树枝条交错。笔画如金绳铁索般刚劲有力，又如古鼎没入水中，织梭化为蛟龙飞腾。鄙陋的儒生编辑古诗没有把它收进，《大雅》和《小雅》篇幅狭小也没把它收进。孔子周游列国却未到达秦地，他拾取几个星星，却把月亮遗忘。可叹我爱好古代文化，却苦于生得太晚，我面对石鼓文禁不住泪眼滂沱。回忆当初我被征作国子监博士，这年开始改年号为元和。我的故友从军在右扶风，为我进行探测要挖出石鼓。我沐浴净身穿戴好衣帽严肃地向祭酒宣告，这样珍贵的国宝存留到现在的已经很少。用毡席包好马上就能运到，运载十只石鼓只需几匹骆驼。把石鼓像郜国的宝鼎一样进献给太庙，它的身价要超过郜鼎一百多倍。如果皇上恩准留它在太学，就可以对学生讲解和他们切磋琢磨。东汉太学门外观摹六经碑文的人拥挤得填塞了街道，全国来国子监观摹石鼓文的将会更多。应剔除苔藓，露出石鼓文笔画的原样，不偏不斜把它安放稳妥。有大厦深檐的覆盖，经历久远也不会被损坏。朝中的大官精于政事，哪里会被我的言辞感动，只是犹疑不定。牧童在石鼓上玩耍时敲出星火，牛羊在石鼓上嬉戏磨砺双角，有谁来把它珍惜爱护？时间一天天过去，石鼓渐渐被损坏，六年来我时时西望岐阳，空自嗟叹。王羲之追求时俗，写的书帖字体美观大方，几张纸写完《道德经》就换回道士一群白鹅。周朝之后历经了八代，至今战争已经结束，却无人收拾石鼓，道理何在？如今天下太平，国无战事，重用儒生，尊崇孔丘、孟轲。怎样才能把石鼓之事禀报朝廷呢，我愿借辩士之口，口若悬河言语滔滔。石鼓之歌到此为止，唉，我搜求石鼓的愿望已成过去。

渔 翁 柳宗元

▶原文

渔翁夜傍西岩宿，晓汲清湘燃楚竹。
烟销日出不见人，欸乃①一声山水绿。
回看天际下中流，岩上无心云相逐。

▶注释

①欸乃：摇橹的声音。

▶译文

夜晚渔翁靠着西山的山岩露宿，清晨汲取了澄清的湘水，燃烧起楚地的绿竹。烟消云散，红日东升，不见了他的身影，手摇船橹高唱渔歌更觉得山水绿意深浓。回头远望天际，渔船已驶向中流。岩上白云无意，随着渔船飘动。

长恨歌　白居易

汉皇重色思倾国^①，御宇多年求不得。

杨家有女初长成，养在深闺人未识。

天生丽质难自弃，一朝选在君王侧。

回眸一笑百媚生，六宫粉黛无颜色。

春寒赐浴华清池，温泉水滑洗凝脂。

侍儿扶起娇无力，始是新承恩泽时。

云鬓花颜金步摇^②，芙蓉帐暖度春宵。

春宵苦短日高起，从此君王不早朝。

承欢侍宴无闲暇，春从春游夜专夜。

后宫佳丽三千人，三千宠爱在一身。

金屋妆成娇侍夜，玉楼宴罢醉和春。

姊妹弟兄皆列土^③，可怜光彩生门户。

遂令天下父母心，不重生男重生女。

骊宫高处入青云，仙乐风飘处处闻。

缓歌慢舞凝丝竹，尽日君王看不足。

渔阳鼙鼓动地来^④，惊破霓裳羽衣曲。

九重城阙烟尘生，千乘万骑西南行。

翠华摇摇行复止，西出都门百余里。

六军不发无奈何，宛转蛾眉马前死。

花钿委地无人收，翠翘金雀玉搔头。

君王掩面救不得，回看血泪相和流。

黄埃散漫风萧索，云栈萦纡登剑阁。

峨嵋山下少人行，旌旗无光日色薄。

蜀江水碧蜀山青，圣主朝朝暮暮情。

行宫见月伤心色，夜雨闻铃肠断声⑤。

天旋地转回龙驭，到此踌躇不能去。

马嵬坡下泥土中，不见玉颜空死处。

君臣相顾尽沾衣，东望都门信马归。

归来池苑皆依旧，太液芙蓉未央柳。

芙蓉如面柳如眉，对此如何不泪垂。

春风桃李花开日，秋雨梧桐叶落时。

西宫南内多秋草，落叶满阶红不扫。

梨园弟子白发新，椒房阿监青娥老。

夕殿萤飞思悄然，孤灯挑尽未成眠。

迟迟钟鼓初长夜，耿耿星河欲曙天。

鸳鸯瓦冷霜华重，翡翠衾寒谁与共。

悠悠生死别经年，魂魄不曾来入梦。

临邛道士鸿都客，能以精诚致魂魄。

为感君王展转思，遂教方士殷勤觅。

排空驭气奔如电，升天入地求之遍。

上穷碧落下黄泉，两处茫茫皆不见。

忽闻海上有仙山，山在虚无缥缈间。

楼阁玲珑五云起，其中绰约多仙子。

中有一人字太真，雪肤花貌参差是。

金阙西厢叩玉扃，转教小玉报双成⑥。

闻道汉家天子使，九华帐里梦魂惊。

揽衣推枕起徘徊，珠箔银屏迤逦开。

云鬓半偏新睡觉，花冠不整下堂来。

风吹仙袂飘飘举，犹似霓裳羽衣舞。
玉容寂寞泪阑干，梨花一枝春带雨。
含情凝睇谢君王，一别音容两渺茫。
昭阳殿里恩爱绝，蓬莱宫中日月长。
回头下望人寰处，不见长安见尘雾。
唯将旧物表深情，钿合金钗寄将去。
钗留一股合一扇，钗擘黄金合分钿。
但教心似金钿坚，天上人间会相见。
临别殷勤重寄词，词中有誓两心知。
七月七日长生殿，夜半无人私语时。
在天愿作比翼鸟，在地愿为连理枝。
天长地久有时尽，此恨绵绵无绝期。

▶注释

①倾国：典出李延年《北方有佳人歌》，"北方有佳人，绝世而独立，一顾倾人城，再顾倾人国。"后世便将此作为美人的代称

②云鬓：形容女性的发鬓如乌云般浓密。金步摇：镂金缀玉的头饰。

③"姊妹"句：杨贵妃得宠后，大姐封韩国夫人，三姐封虢国夫人，八姐封秦国夫人，堂兄杨钊赐名国忠，任右丞相，封魏国公，其他如父母、从兄等都有封赠。列土：公侯分封领地。

④渔阳：唐郡名，今天津市蓟县。渔阳鼙鼓：天宝十四年冬，安禄山以讨代杨氏为名，于范阳起兵反唐。鼙鼓，古代军中用的骑鼓，指战事。

⑤"夜雨"句：据唐郑处晦《明皇杂录》，"明皇既幸蜀，西南行，初入斜谷，霖雨涉旬，于栈道雨中闻铃音，与山相应。上既悼念贵妃，采其声为《雨霖铃》曲以寄恨焉。"

⑥小玉：白居易《霓裳羽衣舞歌》自注云，"吴王夫差女。"双成：姓董，传说中西王母的侍女，此处指随侍杨贵妃的仙女

▶译文

汉代的君王看重女色，思慕着倾国倾城的美人，他统治着天下却总

是找不到心目中的佳人。杨家有一个女孩刚刚长成人，养在幽深的闺阁无人认识。上天赐予她美丽的容颜不会被埋没，有一天她终于被选在君王的身侧。她微微一笑就显得百般妩媚，相形之下，所有的嫔妃都黯然失色。春寒时君王恩赐她去华清池沐浴，温泉的池水洗涤她那白嫩滑润的肌肤。侍女轻轻地将她从床上扶起，她显得多么娇嫩乏力，这是刚刚接受过君王的恩泽。乌云般的鬓发，桃花似的容颜，鬓边的首饰一步一摇，她与君王在温暖的芙蓉帐里共度春宵。只恨春宵太短，太阳早已升起，从此君王不再上早朝。接受君王的宠幸，陪伴君王宴饮没有丝毫空闲，春日陪着君王春游，夜晚陪君王过夜。后宫共有美女三千人，君王把宠爱集中在她一人身上。她的住处装饰得豪华富丽，她娇柔地侍奉君王过夜，玉楼里酒宴过后她的醉态如春光般娇美。她的姊妹兄弟都受到皇上的封赏，人们羡慕她一家无限光彩，门户辉煌。她使得天下的父母不再看重男儿，只盼生下娇艳的女孩儿。骊山上的华清宫高耸入云，音乐如仙乐，随风飘荡，处处都能听闻。舒缓的歌声、轻盈的舞蹈伴随着丝竹之声，君王整日里纵情歌舞，乐此不疲。叛军在渔阳擂响了战鼓，鼓声惊天动地，兵马杀进京城，打断了美妙的《霓裳羽衣曲》。京城里弥漫着硝烟，皇家千军万马向西南逃奔。君王的车驾走不远又停下，向西离开都门才百余里。军队不肯前进，君王也无可奈何，难割难舍地让人把美人在马前缢死。镶金的花钿、翠翘、金雀、玉搔头首饰，丢在地上无人收拾。君王掩着脸而无法援救，回头一看，眼泪随着血在流。路上尘土飞扬，秋风萧索，走过高入云端回环曲折的栈道登上了剑阁。峨眉山下行人稀少，旗帜无光，日色黯淡。蜀江的水青绿，蜀地的山苍翠，君王日日夜夜思念着美人。住在行宫见到月色就伤心落泪，

雨夜里听铃声就断肠失魂。局势转变，君王回到长安，徘徊不定不忍离去。在这一片泥土之中，再也见不到美貌的佳人，只看见她临死时的旧址。君臣相对无言泪湿衣襟，向东望着都门，无心鞭马，任马前行。回来后只见池沼园林都依然如旧，太液池中开放着鲜艳的芙蓉，未央宫里摇荡着依依的杨柳。芙蓉就如美人的面容，杨柳就如美人的蛾眉。面对如此景象，如何不伤心落泪？春风吹来，桃李花开之日，秋雨洒落，梧桐叶落之时，对美人的无尽思念更是悠远绵长。太极宫和兴庆宫里长满秋草，落叶遮盖了石阶也无人打扫。梨园的艺人已经添了白发，后宫的女官也已衰老。深夜里流萤在宫殿里低飞，君王把美人默默地思念，独守孤灯不能成眠。报更的钟鼓声是那样的迟缓，黑夜多么的清冷漫长。苦熬长夜，银河微明，天才发亮。霜花厚重，鸳鸯瓦变得越来越冷；无人相伴，翡翠被变得愈来愈寒。生离死别之后独自经过了漫长的一年，美人的魂魄不曾来到梦中。临邛的一位道士来到京城作客，能以法术招来死者的魂魄。被君王无尽的思念感动，那道士殷勤地到处寻觅。他在空中腾云驾雾奔驰如闪电，上天下地都找遍，天界地下全找遍，两处杳茫不曾把她发现。忽然听说海上有一座仙山，仙山在虚无缥缈的地方。玲珑的楼阁耸立在五色的彩云中间，里面住着许多美丽的仙女。仙女中有一位字号太真，有着雪白的肌肤，桃花般的容貌，仿佛就是君王思念的那位美人。道士敲开了宫阙西房的玉门，又叫小玉去告诉双成，双成去禀报她们的主人。听说汉家的天子派来了使者，美人在九华帐里被惊醒。披上衣衫推开枕衾起身徘徊不定，珠帘银屏依次揭开。发髻偏在一边，似刚刚睡醒，来不及整理花冠就走下堂来。清风吹着她的衣袖飘飘飞动，还像当年演奏《霓裳羽衣舞》一样飘逸动人。那美丽的容貌显得无比凄凉，泪流满面，犹如一枝梨花沾满了春雨。眼波中含着深情注视着使者，请他转达对君王的致意，分别之后不能相见，两厢音信难通。宫殿里的恩爱如今已经断绝，我在蓬莱宫里过着孤独的日子，时光无比漫长。回头下望人间居处，看不见长安，只见一片尘雾。只有拿出我的旧物表达我的一片深情，把这钿合金钗带回去。我把金钗钿合分离开，君王和我各自留一半。只要我们相爱的心如这金钿一样坚固，天上人间总有一天能相见。临别时她不断地把这些话再三叮嘱，话中的誓言只有她和君王心中知晓。记得七月七日在长生殿，夜深人静时我们私下说过的话："在天上愿化作比翼双飞的鸟，在地上愿变成两棵枝干相连的树。"天长地久总有穷尽的时候，这君王贵妃爱情的遗恨却悠长无尽头。

七言乐府

燕歌行① 高 适

▶原文

汉家烟尘在东北，汉将辞家破残贼。
男儿本自重横行②，天子非常赐颜色。
摐金伐鼓下榆关，旌旆逶迤碣石间。
校尉羽书飞瀚海，单于猎火照狼山③。
山川萧条极边土，胡骑凭陵杂风雨。
战士军前半死生，美人帐下犹歌舞！
大漠穷秋塞草腓，孤城落日斗兵稀。
身当恩遇恒轻敌，力尽关山未解围。
铁衣远戍辛勤久，玉箸应啼别离后。
少妇城南欲断肠，征人蓟北空回首。
边庭飘飖那可度，绝域苍茫更何有！
杀气三时作阵云，寒声一夜传刁斗④。
相看白刃血纷纷，死节从来岂顾勋？
君不见沙场争战苦，至今犹忆李将军！

▶注释

①燕歌行：乐府《相和歌辞·平调曲》旧题。
②横行：意谓驰骋沙场，一往无前。

③狼山：即狼居胥山，今内蒙古自治区境内，这里指敌方活动之地。

④刁斗：古代军中的铜制炊具，夜里敲击可当更柝与报警。

▶译文

战争的烟火在汉家的东北边地燃起，汉家的大将辞别家人去扫荡残余的贼寇。男子汉本来重视纵横疆场扫荡敌寇，天子给予武将的厚遇非同一般。大军击金擂鼓开出了山海关，旌旗飘扬在绵延不断的碣石间。校尉从渤海方面急忙传来了警报，单于燃放的战火照亮了狼山。边地的山川呈现出一片荒凉景象，敌人骑兵发动的进攻像狂风暴雨般猛烈。战士们在阵地上死伤大半，美女们在将帅的营帐里轻歌曼舞。深秋里的大漠上是一片枯草，落日斜照孤城，能作战的兵士越来越少。将帅身受朝廷重视却不认真对付敌军，在边关用尽兵力却未能解除重围。战士们身穿铁甲长期在边地戍守，别离后妻子在家中哭泣滴泪。少妇在城南思念征人肝肠欲断，征人在蓟北空自回望故乡。边地长风吹荡哪能度日，边地荒凉苍茫一无所有。白日里疆场杀气腾腾天昏地暗，深夜里军营戒备森严警报频传。战士们在白刃战中血雨纷纷，为国献身，哪是为了个人的功勋？谁不知沙场上战争的艰苦，今天的战士们还怀念着汉代厚待士卒的李将军。

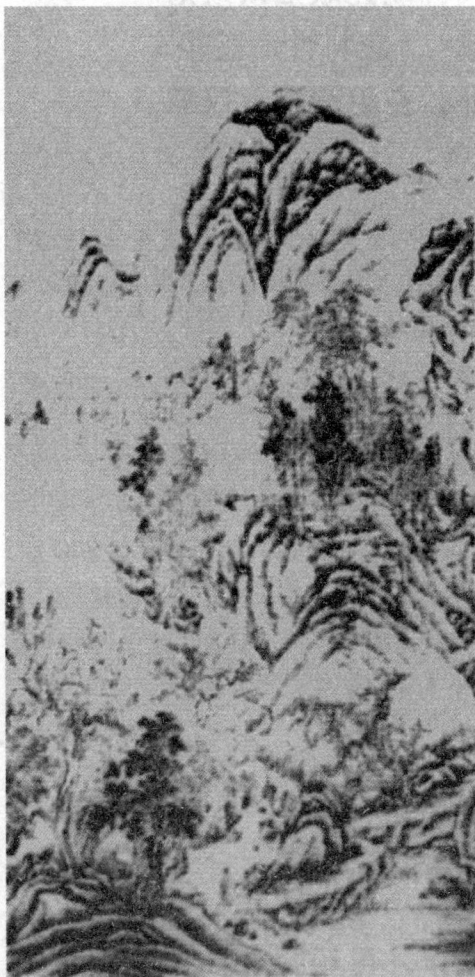

古从军行 李　颀

▶原文

白日登山望烽火，黄昏饮马傍交河。
行人刁斗风沙暗，公主琵琶幽怨多。
野云万里无城郭，雨雪纷纷连大漠。
胡雁哀鸣夜夜飞，胡儿眼泪双双落。
闻道玉门犹被遮①，应将性命逐轻车。
年年战骨埋荒外，空见蒲桃入汉家。

▶注释

①"闻道"句：此句据《史记·大宛传》载，汉武帝太初元年（公元前104年），汉军攻大宛，攻战不利，请求罢兵。汉武帝闻之大怒，派人遮断玉门关，下令"军有敢入者辄斩之"。

▶译文

白日里登上高山望见边塞报警的烟火，傍晚时饮马在边地的交河。战士们在昏暗的风沙里听到报夜的刁斗声，还有那琵琶传来的哀怨声。在荒凉万里的野外扎营看不到一片城郭，雨雪纷纷连接着广阔的沙漠。胡地的大雁夜夜哀叫着向南飞，胡兵遭受苦难泪如雨落。听说朝廷派兵在玉门关阻隔不准休兵，只有不顾性命跟着主帅去血战。战士们的尸骨一年年埋葬在荒野之外，不过是换来葡萄栽在汉家的花园。

洛阳女儿行 王　维

▶原文

洛阳女儿对门居，才可颜容十五余。

良人玉勒乘骢马，侍女金盘脍鲤鱼。
画阁朱楼尽相望，红桃绿柳垂檐向。
罗帏送上七香车，宝扇迎归九华帐。
狂夫富贵在青春，意气骄奢剧季伦①。
自怜碧玉亲教舞，不惜珊瑚持与人。
春窗曙灭九微火，九微片片飞花琐。
戏罢曾无理曲时，妆成只是熏香坐。
城中相识尽繁华，日夜经过赵李家。
谁怜越女颜如玉，贫贱江头自浣纱。

▶注释

①季伦：晋代石崇，字季伦。石崇家非常豪富，极尽奢华，与贵戚王恺斗富。"武帝每助恺，用高二尺珊瑚树赐之，崇用铁如意将其击碎，后搬出高三四尺者六七株，恺大惊。"（《晋书·石崇传》）

▶译文

　　洛阳的一位女子就要成婚，从容貌上看她大约十五六岁。迎娶她的丈夫乘坐装饰着宝玉的青白马，侍奉她的婢女端着黄金的盘子盛着烹制精细的鲤鱼。彩绘朱漆的楼阁到处都是，红桃绿柳栽在住宅旁。送她坐上护围着帘幕的七香车，宝扇护着她把她迎进了九华帐。她的丈夫青春年少又富贵，豪华奢侈胜过石季伦。他心爱的侍妾亲自教授舞蹈，不吝惜名贵的珊瑚树随便把它送给别人。春夜里寻欢作乐到天亮才熄灭灯火，灯花的片片碎屑悄悄落在窗棂。她嬉戏过后没有空闲去温习琴曲，梳妆好了只是熏着香成天闲坐。城中与她相识的尽是豪门大户，日夜往来的都是富贵之家。谁会怜惜容貌如玉的越溪女，因为贫贱只得在江头浣纱。

蜀道难① 李 白

▶原文

噫吁嚱，危乎高哉！蜀道之难难于上青天！
蚕丛及鱼凫，开国何茫然！
尔来四万八千岁，不与秦塞通人烟。
西当太白有鸟道，可以横绝峨眉巅。
地崩山摧壮士死②，然后天梯石栈相钩连。
上有六龙回日之高标，下有冲波逆折之回川。
黄鹤之飞尚不得过，猿猱欲度愁攀援。
青泥何盘盘，百步九折萦岩峦。
扪参历井仰胁息，以手抚膺坐长叹。
问君西游何时还？畏途巉岩不可攀。
但见悲鸟号古木，雄飞雌从绕林间。
又闻子规啼夜月，愁空山。
蜀道之难难于上青天，使人听此凋朱颜！
连峰去天不盈尺，枯松倒挂倚绝壁。
飞湍瀑流争喧豗，砯崖转石万壑雷③。
其险也如此，嗟尔远道之人，胡为乎来哉！
剑阁峥嵘而崔嵬，一夫当关，万夫莫开。
所守或匪亲，化为狼与豺。
朝避猛虎，夕避长蛇，磨牙吮血，杀人如麻。

锦城虽云乐④，不如早还家。

蜀道之难，难于上青天，侧身西望长咨嗟！

▶注释

①蜀道难：乐府《相和歌辞·瑟调曲》旧题。

②地崩山摧：《华阳国志》，"秦惠王知蜀王好色，许嫁五女于蜀。蜀遣五丁迎之，还到梓潼……山崩时，压杀五人及秦五女并将从，而山分为五岭。"

③砯崖：水流冲击岩石声。

④锦城：即今成都市。

▶译文

啊！啊！又高又险！行走在蜀道比登上青天还要艰难。蚕丛和鱼凫是古代蜀国的开国君主，他们开创蜀国的事迹多么久远。开国以来四万八千年，因高山阻挡，与秦地不能互相往来。西面有太白山挡着，只有一条鸟飞的路线，从这条路，鸟可以横飞到峨眉山的山巅。地崩山塌使五位开山壮士牺牲，凿石架木建成了栈道，然后才把高峻的山路相接连。上面有日神驾着六龙也无法通过的山峰，下面有波浪回旋曲折的河川。善飞的黄鹤也无法飞过，轻盈的猿猱想过也难以攀援。青泥岭是那样回旋曲折，行走一百步环绕山峰要转九道弯。伸手就可以摸到天上的

星辰，仰头一望，连气也不敢喘，只得抚着胸口坐下来长叹。你西游蜀地何时才能回还？可怕的路途，险峻的山岩，多么危险。只看见悲鸟在古树上哀鸣，雄雌一前一后环绕在树林间。又听见子规鸟在月夜里声声悲啼，令游人在空山中无限忧愁。在蜀道上行走比登上青天还难。听了此语，会使人失去青春红润的容颜。峰连着峰，离天不到一尺远，枯松倒挂下来，斜靠在悬崖绝壁边。山上的瀑布和山下的急流汇成巨流奔腾喧吵，撞击岩转石，千山万壑声如雷鸣一般。蜀道如此艰险，可叹西游的人为什么要到这里来。剑门关高峻又崎岖，如果一人守住关口，一万人也难以把它攻开。守关之人假如不亲近可靠，就会变成豺狼，成为祸患。人们在清晨须防备猛虎，深夜要躲避长蛇。它们磨利牙齿吸人鲜血，杀死的人多得像乱麻一样数不清。在锦城虽有无限欢乐，还不如早日还家。攀登蜀道，比登上青天还要艰难，侧身西望蜀地，使人禁不住长久地嗟叹。

长相思①（二首） 李 白

▶原文

一

长相思，在长安。
络纬秋啼金井阑，微霜凄凄簟色寒。
孤灯不明思欲绝，卷帷望月空长叹。
美人如花隔云端。
上有青冥之高天，下有渌水之波澜。
天长路远魂飞苦，梦魂不到关山难。
长相思，摧心肝。

二

日色欲尽花含烟，月明如素愁不眠。
赵瑟初停凤凰柱，蜀琴欲奏鸳鸯弦。

此曲有意无人传，愿随春风寄燕然。
忆君迢迢隔青天，昔时横波目②，今作流泪泉。
不信妾肠断，归来看取明镜前。

▶注释

①长相思：乐府《杂曲歌辞》旧题。
②横波目：形容女子的目光斜视像水波横流。

▶译文

我久远的思念，在京城长安。秋夜，纺织娘在井边鸣叫，微霜凄冷，睡在竹席上已觉得微寒。孤灯不亮，我的思念多么强烈。卷起窗帘，望着明月长叹，美人如鲜花一般艳丽，却被远远地隔在云端。上有苍茫高远的青天，下有清水荡漾的波澜。天高地远，我的梦魂苦苦地追寻，却难以飞度重重险阻的关山。这绵绵长远的思念，令人多么悲伤。

太阳西沉，远处的花色仿佛含着一层轻烟，月色洁白，我满怀愁绪，无法成眠。刚刚停下鼓瑟，又想弹奏琴弦。这曲中满含的情意，却无人递传，但愿此曲随着春风，传到那边地燕然。远隔青天，我思念着你，过去顾盼生动的双眼，如今已变成流不尽的泪泉。如果你不相信我的柔肠已断，你就回来对着明镜，看看我这容颜。

行路难① 李 白

▶原文

金樽清酒斗十千，玉盘珍羞直万钱。
停杯投箸不能食，拔剑四顾心茫然。
欲渡黄河冰塞川，将登太行雪满山。
闲来垂钓碧溪上，忽复乘舟梦日边。
行路难，行路难，多歧路，今安在？
长风破浪会有时，直挂云帆济沧海！

▶注释

①行路难：古乐府《杂曲歌辞》旧题。

▶译文

金杯里的美酒价钱极高，玉盘中珍奇的菜肴价值万钱。我放下酒杯，掷下筷子，无法下咽。拔出宝剑，张目四望，心中一片茫然。我想渡过黄河，却冰塞河川，我想登上太行，却大雪封山。姜尚未遇文王时曾在碧溪垂钓，伊尹受商汤重用前忽梦乘舟过日月之边。行路难，行路难，岔路多，我要走的正路在何方？我将乘长风、破巨浪，会有那一天，挂起高大的风帆，渡过大海。

将进酒① 李 白

▶原文

君不见黄河之水天上来，奔流到海不复回。
君不见高堂明镜悲白发，朝如青丝暮成雪。
人生得意须尽欢，莫使金樽空对月。
天生我材必有用，千金散尽还复来②。
烹羊宰牛且为乐，会须一饮三百杯。
岑夫子，丹丘生③，将进酒，杯莫停。
与君歌一曲，请君为我倾耳听。
钟鼓馔玉不足贵，但愿长醉不复醒。
古来圣贤皆寂寞，惟有饮者留其名。

陈王昔时宴平乐，斗酒十千恣欢谑。
主人何为言少钱，径须沽取对君酌。
五花马，千金裘④，呼儿将出换美酒，
与尔同销万古愁。

▶注释

①将进酒：汉乐府《鼓吹曲辞·汉铙歌》旧题。

②"天生我材"二句：这二句既表现了诗人达观的个性，也是写实。

③岑夫子：姓岑名勋。丹丘生：姓元名丹丘，都是李白好友。

④千金裘：典出《史记·孟尝君列传》，"孟尝君有一狐白裘，值千金，天下无双。"

▶译文

你可曾见到，黄河之水从天上流下来，奔流到大海，不再回还。你可曾见到，面对厅堂的明镜，悲叹自己生了白发，清晨发如青丝，傍晚便如白雪一般。人生得意时该尽情欢乐，不要让酒杯空对明月。上天生下我为栋梁之材终究会发挥作用，千金用尽了还会再来。烹羊宰牛吧，让我们尽情地欢乐，应该整整地喝上三百杯。岑夫子、丹丘生，请喝酒，莫停杯。我为你们唱一曲，请你们认真听。不必在意荣华富贵，只愿长久地陶醉酒中，不要清醒。自古以来圣贤之人身后默默无闻，只有饮者留下千古美名。从前陈王在平乐观摆设盛宴，一斗美酒一万钱，他们借助酒兴尽情地欢娱戏谑。主人为什么说缺少钱，应该毫不犹豫地买来美酒我们对饮。名贵的五花马、价值千金的狐皮袍，叫侍童拿去换美酒，与你们一道解除万古忧愁。

丽人行 杜甫

▶原文

三月三日天气新，长安水边多丽人。

态浓意远淑且真，肌理细腻骨肉匀。

绣罗衣裳照暮春，蹙金孔雀银麒麟。

头上何所有？翠为匐叶垂鬓唇。

背后何所见？珠压腰衱稳称身。

就中云幕椒房亲[1]，赐名大国虢与秦。

紫驼之峰出翠釜，水精之盘行素鳞。

犀箸厌饫久未下，鸾刀缕切空纷纶。

黄门飞鞚不动尘，御厨络绎送八珍。

箫鼓哀吟感鬼神，宾从杂遝实要津。

后来鞍马何逡巡，当轩下马入锦茵。

杨花雪落覆白苹，青鸟飞去衔红巾[2]。

炙手可热势绝伦，慎莫近前丞相嗔！

▶注释

①云幕：出《西京杂记》，"成帝设云幄、云帐、云幕于甘泉紫殿。"后称后妃的住处。椒房：指皇后居所，这里指杨贵妃。

②青鸟：《汉武故事》记载，青鸟是西王母的侍者和衔书的使者。红巾：古代妇女定情之物，这句指他们私下里幽会。

▶译文

三月三日天气格外清新，长安的曲江边来了许多美人。姿色艳丽，神态高雅，自然而又娴静，皮肤多么细嫩，身材适中匀称。罗衣上用金线绣成的孔雀和银线绣成的麒麟，在阳春烟景中显得光彩照人。头上插戴着什么？翠玉制成的发饰垂在鬓边。背后看见的是什么？衣后裙缀满

珍珠，衣服显得多么妥帖合身。这些美女中有贵妃的亲眷，天子赐予她们封号为虢国和秦国夫人。翡翠锅煮出紫色的驼峰肉，水晶盘盛着鲜鱼。她们举起象牙筷，因为吃腻了，久久不愿下筷，御厨们用装有鸾铃的刀把肉切成细丝，不过是白白地忙乱一阵。太监们骑马多么纯熟，一路上没有扬起灰尘，从皇家的厨房里接连送来名贵的美味。箫管声声吹奏能感动鬼神，众多随从在曲江塞满了交通要道。最后来的那人骑着高头大马神态舒缓，大模大样，到了门口才下马踏上华贵的锦褥。杨花像雪一样飘落覆盖白蘋（苹），青鸟衔着红巾飞去暗传消息。他的气焰逼人，权势无人可比，千万不要近前，惹得丞相产生怒气。

五言律诗

望月怀远　张九龄

▶原文

> 海上生明月，天涯共此时。
> 情人怨遥夜，竟夕起相思。
> 灭烛怜光满，披衣觉露滋。
> 不堪盈手赠①，还寝梦佳期。

▶注释

　　①不堪盈手赠：指月光美好，却不能拿手捧住来相赠。

▶译文

　　海上升起了一轮明月，你我虽然相隔遥远，我们却在此时共同拥有明月的光辉。有情人怨恨漫漫的长夜，我整夜里把你思念。灭掉灯烛后，我爱明月皎洁的光芒，披衣去户外久久地望着明月，不觉露水沾湿了衣裳。月光多么美好，我却无法掬一捧清辉送你，倒不如回屋就寝，或许睡梦中我们能够相会。

送杜少府之任蜀州　王　勃

▶原文

> 城阙辅三秦①，风烟望五津。

与君离别意，同是宦游人。
海内存知己，天涯若比邻。
无为在歧路，儿女共沾巾。

▶注释

①三秦：泛指当时长安附近的关中之地。古为秦国，秦亡后，项羽分其地为雍、塞、翟三国，故称"三秦"。

▶译文

三秦保卫着雄伟的长安城，在滚滚风烟中遥望五津。你我都是远游四方以求进仕的宦游人，分别时我们都怀着离情别意。四海之内只要我们把朋友放在心间，哪怕相隔天涯也如近邻。不要在岔路口分手之处，像少男少女一样泪湿佩巾。

咏　蝉　骆宾王

▶原文

西陆蝉声唱，南冠客思深。
不堪玄鬓①影，来对白头吟。
露重飞难进，风多响易沉。
无人信高洁，谁为表予心？

▶注释

①玄鬓：蝉黑色的双翼，曾被年轻妇女模仿为发式。这里指青春的两鬓

▶译文

深秋里秋蝉不停地长鸣，触动了我在狱中思念家乡的愁情。哪禁得住乌黑的蝉影，对我

这白头之人高声悲鸣。秋露重重，有翼也难以向前飞进，秋风阵阵，歌声也因被风声淹没而变得消沉。无人相信我如秋蝉一样高尚纯洁，有谁能来替我表白此种心意？

杂 诗 沈佺期

▶原文

闻道黄龙戌①，频年不解兵。
可怜闺里月，长在汉家营。
少妇今春意，良人昨夜情。
谁能将旗鼓，一为取龙城。

▶注释

　①黄龙戌：唐时东北要塞，在今辽宁开原西北。

▶译文

　听说黄龙戌屡生战事，连年来没有罢战撤兵。那可爱的闺中的明月，如今却长照汉家的军营。少妇年年思念夫君的心意，也就是丈夫夜夜思归的情怀。谁能够率领千军万马，一举攻破敌军的龙城，让思妇、征夫团聚永不分离。

题破山寺①后禅院 常 建

▶原文

清晨入古寺，初日照高林。
曲径通幽处，禅房花木深。
山光悦鸟性，潭影空人心。
万籁此俱寂，但馀钟磬音。

▶注释

①破山寺：破山在今江苏常熟，寺指兴福寺，是南齐时郴州刺史倪德光施舍宅园改建的，到唐代已属古寺。

▶译文

清晨我走过古老的寺院，初升的太阳照耀着高峻的山林。弯曲的小道通向幽静的地方，禅房坐落在繁花秀木的深处。山林的风光使小鸟怡然自得，潭中的倒影使人忘却俗尘。自然界的一切声响在此都已寂灭，只听见悠扬的钟磬声。

寄左省杜拾遗① 岑 参

▶原文

联步趋丹陛，分曹限紫微。
晓随天仗入，暮惹御香归。
白发悲花落，青云羡鸟飞。
圣朝无阙事，自觉谏书稀。

▶注释

①杜拾遗：即杜甫。左省：岑参与杜甫在唐肃宗至德二年至乾元元年初（757-758），同仕于朝；岑任右补阙，属中书省，居右署；杜任左拾遗，属门下省，居左署，故称左省。

▶译文

我们同步走上宫殿的红色台阶，分立在朝班的两边。天亮时随着天子的仪仗队入朝，傍晚回家，衣上留着宫殿中的御香。眼见花儿凋落，我悲伤自己添了白发。眼见鸟儿高飞，我羡慕青云飘飘。圣明的朝廷没有什么过失，我自己觉得没有规劝的必要，谏书也就写得越来越少。

渡荆门①送别 李 白

▶原文

渡远荆门外，来从楚国游。
山随平野尽，江入大荒流。
月下飞天镜，云生结海楼。
仍怜故乡水，万里送行舟。

▶注释

①荆门：山名，今湖北枝城市西北，长江南岸。

▶译文

我乘船从荆门以外的地方远道而来，为的是到古代楚国一带游览。高山随着平原的展现而隐去，大江进入无边无际的原野而汹涌奔流。明月倒映江中，像天外飞来一面明镜，江面上云彩变幻，在空中结成了奇妙的海市蜃楼。我仍然喜爱故乡的江水，万里迢迢伴送我泛舟远游。

听蜀僧濬①弹琴 李 白

▶原文

蜀僧抱绿绮，西下峨嵋峰。
为我一挥手，如听万壑松。
客心洗流水，余响入霜钟。
不觉碧山暮，秋云暗几重。

▶注释

①蜀僧濬：怀疑是诗人《赠宣州灵源寺仲濬公》的仲濬。

蜀中的高僧怀抱绿绮琴，从峨眉山峰的西边走下。他为我挥手弹奏，如听到万丛中清越的松涛。我的心像被流水洗过一般清凉，琴的余音应和着寺院的晚钟声。不知不觉青山中夜幕已降临了，琴声一歇，数重昏暗的云层已布满了天空。

夜泊牛渚怀古　李　白

▶原文

牛渚西江夜，青天无片云。
登舟望秋月，空忆谢将军①。
余亦能高咏，斯人不可闻。
明朝挂帆去，枫叶落纷纷。

▶注释

①谢将军：名尚，东晋人，曾官建武、安西、建威、镇西将军。

▶译文

我在月夜里来到西江中的牛渚山边，天空万里无云。我登上小舟凝望深秋的明月，徒然追忆东晋的谢尚将军。我也能像袁宏一样善于吟诗，却再也没听说过世上还有谢尚这样的人。明天我将扬帆远去，为我送别的，只有枫叶零落纷飞。

春望 杜甫

▶原文

> 国破山河在，城春草木深。
> 感时花溅泪，恨别鸟惊心。
> 烽火连三月，家书抵万金。
> 白头搔更短，浑欲不胜簪①。

▶注释

①不胜簪：由于愁急而乱搔头发，白发已短得连簪子都插不住了。

▶译文

　　国都已经残破，山河依旧在目，人事却已全非。长安城里的春天，人烟稀少，草木丛生，一片荒凉。感念国事，见鲜花盛开，我禁不住伤心流泪。恨别家人，听鸟啼鸣，我惶惶不安，失魂惊心。战火接连三月不曾间断，接到一封家信抵得上万两黄金。忧国思家，我满头白发越抓越少，甚至再也插不住小小的发簪。

月夜 杜甫

▶原文

> 今夜鄜州月①，闺中只独看。
> 遥怜小儿女，未解忆长安。
> 香雾云鬟湿，清辉玉臂寒。
> 何时倚虚幌，双照泪痕干？

▶注释

①鄜州：今天的陕西富县。

▶译文

　　今夜鄜州的明月，那闺中人在独自观看。遥想我那幼小的儿女，不懂得母亲在想念长安。雾深露重，会沾湿她稠密的云鬟，明月清辉之下，她洁白的双臂会渐觉凉寒。我们何时才能团聚，共倚帷幕，月亮照着我们两人，互相将脸上的泪痕擦干？

旅夜书怀 杜 甫

▶原文

细草微风岸，危樯独夜舟①。
星垂平野阔，月涌大江流。
名岂文章著，官应老病休。
飘飘何所似？天地一沙鸥。

▶注释

　　①危樯：高的桅杆。

▶译文

　　微风吹着岸边的小草，深夜里一只高高竖起桅杆的小船孤独地停泊在江边。万点星光映照空旷的原野，水中的月影随着浩荡的江水涌动。我的名声是因为文章而显赫，官职则是因为年老多病而辞去。四处飘零好像什么？在茫茫的天地间，如同一只孤零零的沙鸥。

○七三

风雅格律

山居秋暝 王 维

▶原文

空山新雨后，天气晚来秋。
明月松间照，清泉石上流。
竹喧归浣女，莲动下渔舟。
随意春芳歇①，王孙自可留。

▶注释

①随意：出庾信句"细草横阶随意坐"。

▶译文

山谷中刚下过一场新雨，显得格外清新，晚上天气寒凉秋意更浓。明月在松林中洒下一片清辉，清泉在山沟的石头上流淌。竹林中传来一阵喧笑，是洗衣女子归来。溪中荷莲动荡，是渔舟下水捕鱼。春天的芳华任凭它消散吧，秋色甚佳，山中的景色多么令人神往。

过故人庄 孟浩然

▶原文

故人具鸡黍①，邀我至田家。
绿树村边合，青山郭外斜。
开轩面场圃，把酒话桑麻。
待到重阳日，还来就菊花。

▶注释

①黍：黄米。

▶译文

　　老朋友备下了丰盛的饭菜，邀请我来到他的农家。茂密的树林环绕村庄，隐隐青山在村外横斜。推开窗户面对着禾场和菜园，一边饮酒一边谈论桑和麻。等到重阳节的那一天，我还要来这里观赏菊花。

送李端　卢　纶

▶原文

故关衰草遍，离别自堪悲。
路出寒云外，人归暮雪时。
少孤为客早，多难识君迟。
掩泪空相向，风尘何处期①？

▶注释

　　①风尘：指世事纷乱。何处期：何时能再相见。

▶译文

　　故乡到处是枯萎的衰草，严冬时节与你分别，我的内心多么伤悲。山路曲折地伸向寒云的深处。我回到家中，正是日暮飞雪的时候。我少时孤苦，很早就流落他乡，遭逢艰难时世，与你相识得很迟。掩面哭泣，面对你离去的方向，世事纷乱，我们何时能再相见？

云阳馆与韩绅宿别① 司空曙

▶原文

故人江海别，几度隔山川。

乍见翻疑梦，相悲各问年。

孤灯寒照雨，湿竹暗浮烟。

更有明朝恨，离杯惜共传。

▶注释

①云阳：县名，县治在今陕西泾阳县西北。馆：驿馆。韩绅：《全唐诗》注，"一作韩升卿。"韩愈四叔名绅卿，与司空曙同时，曾在泾阳任县令，可能即为其人。

▶译文

你我自从在江海上分别，多年来隔着万水千山。如今突然相逢，怀疑是在做梦，悲叹中询问各自的生年。孤灯照着蒙蒙的夜雨，竹林深处似漂浮着片片的烟云。明日我们又要分别，最好还是多饮几杯，以此来珍惜这难得的会面。

蜀先主庙① 刘禹锡

▶原文

天下英雄气，千秋尚凛然。

势分三足鼎，业复五铢钱。

得相能开国，生儿不象贤。

凄凉蜀故伎，来舞魏宫前。

①蜀先主：指刘备。

先主当年宇宙般的英雄豪气，千百年来依旧令人肃然起敬。他曾开创三分天下的伟业，建功立业的目的在于匡复汉室。他获得贤相开创了蜀国，他生的儿子却不如先贤。蜀国故妓的凄凉的歌舞，在魏国的宫前演奏。后主见了却嬉笑自若，他乐不思蜀，活得多么安然。

没蕃故人① 张 籍

▶原文

前年戍月支，城下没全师。
蕃汉断消息，死生长别离。
无人收废帐，归马识残旗。
欲祭疑君在，天涯哭此时。

▶注释

①蕃：通"番"。古代指边境一带的边疆民族。

▶译文

前年你从军去戍守月支，城池被攻破，全军覆没。外邦和汉地断绝了消息，你生死不明致使我们永远分离。无人收拾废弃的营帐，逃归的战马认识残破的军旗。想祭奠你的亡灵又怀疑你还健在，这时我只能沉痛地对着远方哭泣。

赋得古原草送别　白居易

▶原文

> 离离原上草①，一岁一枯荣。
> 野火烧不尽，春风吹又生。
> 远芳侵古道，晴翠接荒城。
> 又送王孙去，萋萋满别情。

▶注释

①离离：犹言繁茂。

▶译文

　　茂盛的野草长满了整个原野，每年枯萎一次，来年又会繁荣。野火烧尽了它的茎叶，却烧不尽泥里的草根。待春风轻轻吹来，它又蓬勃地生长。蔓延到远处的香草生满古道，阳光映照下的绿草连接着荒凉的古城。我又一次为我的友人送别，茂盛的野草也满含着依依惜别的深情。

寻陆鸿渐不遇①　僧皎然

▶原文

> 移家虽带郭，野径入桑麻。
> 近种篱边菊，秋来未著花。
> 扣门无犬吠，欲去问西家。
> 报道山中去，归来每日斜。

▶注释

①陆鸿渐：名羽，著有《茶经》，世称"茶圣"。

▶译文

　　你迁居的新家虽然临近城郭，小路的两旁却种着桑麻。最近你又在篱边种菊，初秋到来还未开花。敲门听不到狗叫，只好去询问你相邻的西家。他们告诉我你已入山，回来时往往是太阳西斜。

七言律诗

黄鹤楼[1]　崔　颢

▶原文

> 昔人已乘黄鹤去，此地空余黄鹤楼。
> 黄鹤一去不复返，白云千载空悠悠。
> 晴川历历汉阳树，芳草萋萋鹦鹉洲。
> 日暮乡关何处是？烟波江上使人愁。

▶注释

①黄鹤楼：故址在武汉市武昌区黄鹤山（又名蛇山）上，因此得名。

▶译文

　　仙人已经驾着黄鹤飞去，此地只留下一座空空的黄鹤楼。黄鹤飞走后再也不复返，千百年来只有白云在上空飘游。晴川里可清楚地看见汉阳的绿树，芳草茂盛遮盖了鹦鹉洲。天色已晚，哪里是我的故乡？望着这烟雾迷茫的江面，真叫人发愁。

蜀　相　杜　甫

▶原文

> 丞相祠堂何处寻，锦官城外柏森森。

映阶碧草自春色，隔叶黄鹂空好音。
三顾频烦天下计①，两朝开济老臣心。
出师未捷身先死②，长使英雄泪满襟。

▶注释

①三顾：诸葛亮隐居今湖北襄阳隆中，刘备曾三次去拜访他。

②"出师"句：此句指公元234年，诸葛亮领兵伐魏，未等获得胜利而病死。

▶译文

　　到哪里去寻找诸葛丞相的祠堂呢？锦官城外的翠柏已茂密成林。武侯祠内绿草掩映着台阶，枉自呈现一派春色，黄莺不管人事变化，在树间徒然唱着歌。先主曾三顾茅庐，向你请教统一天下的大计，你辅佐两朝君主，开创蜀汉基业，扶持幼主治理社稷，竭尽了一代老臣的忠心。你出师中原，大功未成却先死去，长使古今英雄深深感慨，泪下沾襟。

客 至 杜甫

▶原文

舍南舍北皆春水，但见群鸥日日来。
花径不曾缘客扫，蓬门今始为君开。
盘飧市远无兼味①，樽酒家贫只旧醅。
肯与邻翁相对饮，隔篱呼取尽馀杯。

▶注释

①盘飧：指熟菜。

▶译文

我家房舍的南北环绕着一弯春水，只见群鸟天天飞来。不曾因为客来而打扫落花满地的小路，今天才开始为你将草堂的柴门敞开。因街市遥远，盘中的菜肴不够丰盛；因家境贫困，招待你的只有这未滤的旧酒。让我呼唤隔篱的邻家老翁，一同对饮喝完这些余酒。

野 望 杜甫

▶原文

西山白雪三城戍①，南浦清江万里桥②。
海内风尘诸弟隔，天涯涕泪一身遥。
惟将迟暮供多病，未有涓埃答圣朝。
跨马出郊时极目，不堪人事日萧条。

▶注释

①西山：又名雪岭，在今四川成都西。三城：指当时的松、维、保

三州州城（在今四川北部）。

②万里桥：在成都南门外锦江上。

▶译文

白雪皑皑的西山护卫着三城，城南清澈的锦江横卧着万里桥。兄弟们因战乱而天各一方，我涕泪滂沱只身浪迹天涯。可叹我在这迟暮之年满身疾病，没有建立些微功绩报答圣朝。我骑马到郊外时刻极目远望，哪受得了这人事一天天冷落萧条？

闻官军收河南河北① 杜 甫

▶原文

剑外忽传收蓟北，初闻涕泪满衣裳。
却看妻子愁何在，漫卷诗书喜欲狂。
白日放歌须纵酒，青春作伴好还乡。
即从巴峡穿巫峡，便下襄阳向洛阳。

▶注释

①河南：指黄河以南，今河南洛阳一带。河北：指黄河以北。

▶译文

蜀地忽然传来收复河南河北的消息，我刚一听到消息泪水便沾满了衣裳。回头去看妻儿，她们的愁容已不知去向。我胡乱地卷起书卷，高兴得几乎发狂。年老的我要放声歌唱痛饮美酒，明丽的春景陪伴着我，正好返回久别的故乡。立即从巴峡穿过巫峡，过了襄阳就是洛阳了。

登 高 杜 甫

▶原文

风急天高猿啸哀，渚清沙白鸟飞回。

无边落木萧萧下，不尽长江滚滚来。
万里悲秋常作客，百年多病独登台①。
艰难苦恨繁霜鬓，潦倒新停浊酒杯。

▶注释

①百年：指一生。

▶译文

蓝天在萧瑟的秋风中显得多么高远，猿声啸啸在山中叫得多么悲哀。洲边江水清清，白沙闪闪，群鸟在空中不停地盘旋。无边无际的树叶在秋风中纷纷落下，无穷无尽的长江波涛滚滚从远方涌来。我常在万里之外的异乡漂泊，到了秋天更加愁思满怀。一生中病魔缠身，今日我独自登上高台。可恨艰难的时世令我两鬓斑白，穷困潦倒中又不能再次举起酒杯。

登 楼 杜 甫

▶原文

花近高楼伤客心，万方多难此登临。
锦江春色来天地，玉垒浮云变古今①。
北极朝廷终不改②，西山寇盗莫相侵。
可怜后主还祠庙，日暮聊为梁甫吟。

▶注释

①玉垒：山名，在今茂汶羌族自治县。
②北极：星名。《论语·为政》，"为政以德，譬如北辰，居其所而众望拱之。"喻唐王朝的地位不可动摇。

▶译文

万方多难之时我登上此楼，花近高楼反使我这旅人伤心。锦江明媚

的春色来自遥远的天地，玉垒山的浮云从古至今变幻不定。唐王朝如北极星高悬中天而长存，西山盗寇也不要再相侵。可怜刘禅这亡国昏君，竟也配和诸葛武侯一样，专居祠庙，歆享后人香火！夕阳西下，我登临怀古，姑且学诸葛亮吟咏《梁甫吟》。

咏怀古迹（五首）　杜　甫

▶原文

一

支离东北风尘际，漂泊西南天地间。
三峡楼台淹日月，五溪衣服共云山①。
羯胡事主终无赖，词客哀时且未还。
庾信平生最萧瑟，暮年诗赋动江关。

▶注释

①五溪：指五溪蛮，因其分布在今湘西及黔、渝、鄂三省交界地区沅水上游，当地有五条溪流（雄溪、樠溪、酉溪、沅溪、辰溪），是一些民族聚居地。

战乱中我于东北流离失所，一路在西南的天地之间漂泊。我在三峡的楼台度过了悠久的岁月，与穿着五彩衣服的五溪族人同住在高山上。羯胡人像无赖一样，诗人哀伤时不能回家园。庾信一生最悲凉，晚年哀婉的诗赋惊动了江关。

二

摇落深知宋玉悲①，风流儒雅亦吾师。
怅望千秋一洒泪，萧条异代不同时。
江山故宅空文藻，云雨荒台岂梦思。
最是楚宫俱泯灭，舟人指点到今疑。

▶注释

①宋玉：战国时楚国诗人。

▶译文

从"草木摇落"的诗章里我深深懂得了宋玉的伤悲，他文采风流为人儒雅，真不愧是我的先师。怅望千百年留下的故宅，我洒下热泪，我与他萧条的身世相似却生在不同的时期。江山依旧，故居犹在，他富有文采的辞赋存留到今，他辞赋里"云雨荒台"的故事并非实事，难道是梦中之思？最令人感慨的是楚王的宫殿已灰飞烟灭，船夫们至今指指点点，令人胡乱猜疑。

三

群山万壑赴荆门，生长明妃尚有村①。
一去紫台连朔漠，独留青冢向黄昏。
画图省识春风面，环佩空归月夜魂。
千载琵琶作胡语，分明怨恨曲中论。

▶注释

①明妃：即王昭君。

▶译文

　　群山万壑如波涛起伏，奔腾而下直到荆门，在灵秀汇聚之地可看见明妃生长的山村。她离开汉宫千里迢迢到达北方的沙漠，只留下长着青草的孤坟望着西南的黄昏。汉元帝糊涂地按画图辨认宫女青春的美貌，使得明妃遗恨终身，在月夜里飞回怨魂。千百年来，琵琶弹奏着胡地的歌曲，歌曲里分明表达着明妃的怨恨。

四

　　蜀主窥吴幸三峡，崩年亦在永安宫。
　　翠华想像空山里，玉殿虚无野寺中。
　　古庙杉松巢水鹤，岁时伏腊走村翁①。
　　武侯祠屋常邻近②，一体君臣祭祀同。

▶注释

①岁时伏腊：封建社会每年夏、冬两季按时祭祀。伏，夏祭。腊，冬祭。

②武侯祠屋：诸葛亮曾封武乡侯，其祠在刘备庙西。

　　蜀主东征吴国来到三峡，兵败含恨病逝在永安宫。当年旌旗飘飘好像就在这空山里，如今空无玉殿，只见寺庙在这荒野中。古庙的杉松高大挺拔，水鹤在枝间做窝。祭祀按期隆重举行，殷勤奔走的是村翁。武侯祠堂与先主祠堂相邻近，君臣一体享受的祭祀都相同。

五

诸葛大名垂宇宙，宗臣遗像肃清高。

三分割据纡筹策，万古云霄一羽毛。

伯仲之间见伊吕①，指挥若定失萧曹②。

运移汉祚终难复，志决身歼军务劳。

▶注释

　　①伊吕：指商朝伊尹、周朝吕尚，都是开国名相。伯仲：本指兄弟，这里指不相上下。

　　②萧曹：指萧何、曹参，均系辅佐刘邦建汉的名臣。

▶译文

　　诸葛亮的大名在广阔的宇宙流传，永垂青史，千古流芳，一代宗臣的遗像令人肃然起敬，他的品德纯洁高尚。他费尽心血，多方谋求策划，促成了三国鼎立的局面，他犹如一只飞翔的鸾凤，在万古云霄展现美丽的羽毛。他的才能和品德与伊尹、吕尚不相上下，他在军事上指挥若定超过了汉初的萧何、曹参。世运已经转移，汉祚已经衰落，最终难以恢复，他抱定由三分而一统的决心，殉职军中，完全是因为军务烦劳。

江州重别薛六柳八二员外① 　刘长卿

▶原文

生涯岂料承优诏，世事空知学醉歌。

江上月明胡雁过，淮南木落楚山多。

寄身且喜沧洲近，顾影无如白发何。

今日龙钟人共老，愧君犹遣慎风波。

▶注释

①江州：今江西九江市。薛六、柳八：六、八都是排行。

▶译文

　　哪曾料想能蒙受皇上的恩泽，如此世道我只知道要学接舆醉酒狂歌。江上月色清明，胡雁从夜空飞过，楚山的树叶比淮南飘落得更多。我很高兴有了寄身的地方且靠近沧海，形单影只，白发苍苍实在无可奈何。如今我老态龙钟，我很惭愧至今还被放逐，今后要谨防风波。

赠阙下裴舍人[1]　钱　起

▶原文

> 二月黄鹂飞上林，春城紫禁晓阴阴。
> 长乐钟声花外尽，龙池柳色雨中深。
> 阳和不散穷途恨，霄汉常悬捧日心。
> 献赋十年犹未遇，羞将白发对华簪。

▶注释

　　[1]阙下：就是宫阙之下，借指朝廷。舍人：中书舍人的简称。

▶译文

　　二月，黄鹂在皇家上林苑翻飞啼鸣，春天，长安的皇宫春色也还不甚分明。长乐宫的钟声在宫内慢慢消失，龙池的柳树受春雨滋润绿色更深。春风和暖消散不了我穷途中的惆怅，我向往朝廷，常怀效忠皇帝的心。我屡次应试，十年来还未得到恩遇，我多么惭愧，以满头白发面对你的华簪。

寄李儋元锡[1]　韦应物

▶原文

> 去年花里逢君别，今日花开已一年。
> 世事茫茫难自料，春愁黯黯独成眠。
> 身多疾病思田里，邑有流亡愧俸钱。
> 闻道欲来相问讯，西楼望月几回圆。

▶注释

①李儋元锡：李儋，字元锡，是韦应物的好友，当时任殿中侍御史，在长安与韦应物分别后，曾托人问候。次年春天，韦应物写了这首诗寄赠李儋以答。诗中叙述了别后的思念和盼望，抒发了国乱民穷造成的内心矛盾和苦闷。

▶译文

去年鲜花盛开时与你分别，今日鲜花盛开时我们分别已有一年。世事茫茫难以预料，春日里我怀着愁绪独自成眠。一身多病，真想回归家园，州郡有百姓流亡，我未尽职尽责，白白地接受俸禄。听说你要来看望我，我在西楼翘望，月亮缺了又圆。

晚次鄂州① 卢　纶

▶原文

云开远见汉阳城，犹是孤帆一日程。
估客昼眠知浪静，舟人夜语觉潮生。
三湘衰鬓逢秋色，万里归心对月明。
旧业已随征战尽，更堪江上鼓鼙声！

▶注释

①鄂州：今湖北武汉市武昌。

▶译文

浓云散去可望见远处的汉阳城，这孤帆还要行驶一天。白日里见商人在酣眠，可以知道江上风平浪静，半夜里听船夫在说话，可以感到潮水上升。愁白了的双鬓如同三湘枯黄的秋色，一片归心如秋月一样分明。家乡的产业在战乱中失去，哪能承受江上传来的战鼓声！

登柳州城楼寄漳、汀、封、连四州刺史[1]　　柳宗元

▶原文

> 城上高楼接大荒，海天愁思正茫茫。
> 惊风乱飐芙蓉水，密雨斜侵薜荔墙。
> 岭树重遮千里目，江流曲似九回肠。
> 共来百粤文身地，犹自音书滞一乡！

▶注释

　　①柳州：今广西柳州市。漳：福建龙海；汀：福建长汀县；封：广东封开县；连：广东连州。当时与诗人同时遭贬的韩泰、韩晔、陈谏、刘禹锡分别担任这四州的刺史。

▶译文

　　我登上连接广阔荒原的城楼远望，心中的愁绪如海天一样苍茫。狂风摧残着水上美丽的荷花，暴雨斜打着覆盖薜荔的城墙。岭上重重的密树遮挡住了我远望的目光，弯弯曲曲的江流恰似我九曲的愁肠。我们一同被贬到百粤这在身上刺绣花纹的地方，仍然是音信难通各处一方。

西塞山怀古① 刘禹锡

▶原文

王濬楼船下益州，金陵王气黯然收。
千寻铁锁沉江底，一片降幡出石头。
人世几回伤往事，山形依旧枕寒流。
今逢四海为家日，故垒萧萧芦荻秋。

▶注释

①西塞山：在今湖北大冶市东面的长江边。

▶译文

王濬率领战船从益州出发向东吴发起猛攻，金陵的王气黯然失色骤然收束。千丈铁锁被烈火熔化，沉入江底，一片降旗从石头城上举出。人世间有多少令人伤感的往事，西塞山形势依旧，枕藉着长江的寒流。如今是天下归于一统的时代，江边的营垒已废，只有芦荻在秋风中摇动。

遣悲怀（三首） 元 稹

▶原文

一

谢公最小偏怜女①，自嫁黔娄百事乖②。
顾我无衣搜荩箧，泥他沽酒拔金钗。
野蔬充膳甘尝藿，落叶添薪仰古槐。
今日俸钱过十万，与君营奠复营斋。

①谢公：指东晋宰相谢安，其侄女谢道韫敏捷多才，谢安甚疼爱。

②黔娄：春秋时齐国贫士，鲁恭王闻其贤，想让他为相，他辞而不受。他的妻子也很贤惠，这里元稹借以自喻。百事乖：事事都不顺，比喻家中很穷。

▶译文

她如同谢公最小最受怜爱的女儿，自从嫁给我这黔娄一样的寒士后百事都不如意。见我无衣衫换洗，她翻箱倒柜寻找衣服，我婉言向她索酒，她为买酒卖了头上的金钗。以野菜充饥，她觉得味道甘美，以落叶添置家中的柴薪，她仰仗着山中的古槐。如今我俸钱已超过十万，我只能为她置办祭品请僧道超度她的亡灵。

二

昔日戏言身后意，今朝都到眼前来。
衣裳已施行看尽①，针线犹存未忍开。
尚想旧情怜婢仆，也曾因梦送钱财。
诚知此恨人人有，贫贱夫妻百事哀。

▶注释

①衣裳：指韦氏穿过的衣服。

▶译文

从前我俩开玩笑谈到死后的事，如今一一都到了现实中来。她穿过的衣裳眼看都将施舍殆尽，只有她生前做的针线还封存在那里，我不忍打开。如今我想起旧时她怜惜婢仆的情意，此事来到梦中，我梦醒后为她送去钱财。丧偶的痛苦世人都有，贫困的夫妻每一件事都透着哀伤。

三

闲坐悲君亦自悲，百年都是几多时！

邓攸无子寻知命^①。潘岳悼亡犹费词。

同穴窅冥何所望？他生缘会更难期！

惟将终夜长开眼，报答平生未展眉。

▶注释

①邓攸：晋人，战乱中弃子保侄，后亦无子，时人哀之。当时元稹亦无子。

▶译文

闲坐时我悲叹她的早逝，也悲叹我自己，我即使活一百年又能多活几时！邓攸没有儿子，他后来才知道是命中注定；潘岳写下悼念亡妻的诗篇，死者不知那也是白费言辞。求夫妻死后合葬有什么希望，来世结为姻缘再无实现的可能。我只有在夜晚睁着双眼把她思念，以此来报答她生前因贫困而带来的不畅心情。

白河南经乱，关内阻饥，

兄弟离散，各在一处。

因望月有感，聊书所怀，

寄上浮梁大兄、於潜七兄、

乌江十五兄，兼示符离及下邽弟妹^①

白居易

▶原文

时难年荒世业空，弟兄羁旅各西东。

田园寥落干戈后，骨肉流离道路中。

吊影分为千里雁，辞根散作九秋蓬。

共看明月应垂泪，一夜乡心五处同。

▶注释

①河南经乱：指唐建中四年淮西节度使李希烈攻陷汴州和这前后宣武频繁的叛乱。关内：唐道名。浮梁：今江西景德镇市。於潜：今浙江临安县。

▶译文

时世艰难又遇到荒年，家产被一扫而空，兄弟们寄居他乡各奔西东。故乡的田园在兵乱中全都荒废，兄弟姐妹流离失所奔走在漂泊途中。形影相伴如千里纷飞的孤雁，辞别家园如秋天里随风旋转的飞蓬。兄弟们仰看明月定会和我一样垂泪，思乡之情与分散在五处的兄弟相同。

锦 瑟 李商隐

▶原文

锦瑟无端五十弦①，一弦一柱思华年。

庄生晓梦迷蝴蝶，望帝春心托杜鹃②。

沧海月明珠有泪，蓝田日暖玉生烟。

此情可待成追忆，只是当时已惘然。

▶注释

①无端：指没有来由。

②望帝：周末蜀国之君，叫杜宇，传说他死后化为杜鹃鸟，悲啼："不如归去！不如归去！"

▶译文

　　锦瑟无端有五十根琴弦，拨动每一根琴弦都使我追忆起已逝的年华。庄周在拂晓前梦见自己化为翩翩起舞的蝴蝶，望帝将春心托付给声声啼血的杜鹃。遥远的沧海月色分明，珍珠是鲛人哭泣的眼泪，近处的蓝田日光温暖，良玉美艳，好像泛起云烟。这情景到今天才让我追念，其实在当时已令人不胜惘然。

无 题　李商隐

▶原文

昨夜星辰昨夜风，画楼西畔桂堂东。
身无彩凤双飞翼，心有灵犀一点通①。
隔座送钩春酒暖，分曹射覆蜡灯红。
嗟余听鼓应官去，走马兰台类转蓬。

▶注释

　　①灵犀：即犀牛角，古代将犀牛视为灵兽。比喻两心息息相通。

▶译文

　　昨夜闪烁的星辰与和煦的风多么令人难忘，我们相会在画楼之西桂堂之东。虽无彩凤的翅膀与你比翼双飞，我们的心却一直息息相通。隔着座位传送藏钩，春酒多么温暖，分组猜谜时，蜡烛燃得火红。可叹我要听辰更的鼓声前去应差，在兰台奔走犹如风中飘转的飞蓬。

隋　宫　李商隐

▶原文

紫泉宫殿锁烟霞[1]，欲取芜城作帝家。
玉玺不缘归日角，锦帆应是到天涯。
于今腐草无萤火，终古垂杨有暮鸦。
地下若逢陈后主，岂宜重问《后庭花》！

▶注释

①紫泉：本名紫渊，为避唐高祖李渊讳改渊为泉。此处代指长安。

▶译文

　　长安城的宫殿深锁着烟霞，执意在江都大兴土木，要在此建造帝王之家。若不是帝王的玉玺归到李家，炀帝的龙舟将游遍天涯。江都的萤火虫如今已绝迹，古老的垂杨上栖息着乌鸦。炀帝如果在地下遇上陈后主，难道还会再问起那首《后庭花》吗？

无题（二首）　李商隐

▶原文

一

来是空言去绝踪，月斜楼上五更钟。
梦为远别啼难唤，书被催成墨未浓。
蜡照半笼金翡翠，麝熏微度绣芙蓉。
刘郎已恨蓬山远[1]，更隔蓬山一万重。

▶注释

①刘郎：传说东汉明帝五年，刘晨、阮肇入山采药，迷路不得出，遇见两个女子，邀至家中居住半年才还，后人借此喻艳遇。蓬山：即蓬莱山，指仙境。

▶译文

你说要来见我竟成了一句空话，至今仍无影无踪，月影横斜在这空寂的楼台，远处传来了五更的钟声。梦中因远别而悲啼不止，我难以呼唤成声，醒后写成书信来倾诉衷情，墨还没有磨浓。烛光在绣有金翡翠鸟的罩中半明半暗，麝香余烟缭绕飘到你的芙蓉帐中。刘郎已经怨恨过蓬莱山的遥远，如今你我分离更是远隔重山了。

二

飒飒东风细雨来，芙蓉塘外有轻雷。
金蟾啮锁烧香入①，玉虎牵丝汲井回。
贾氏窥帘韩掾少，宓妃留枕魏王才。
春心莫共花争发，一寸相思一寸灰。

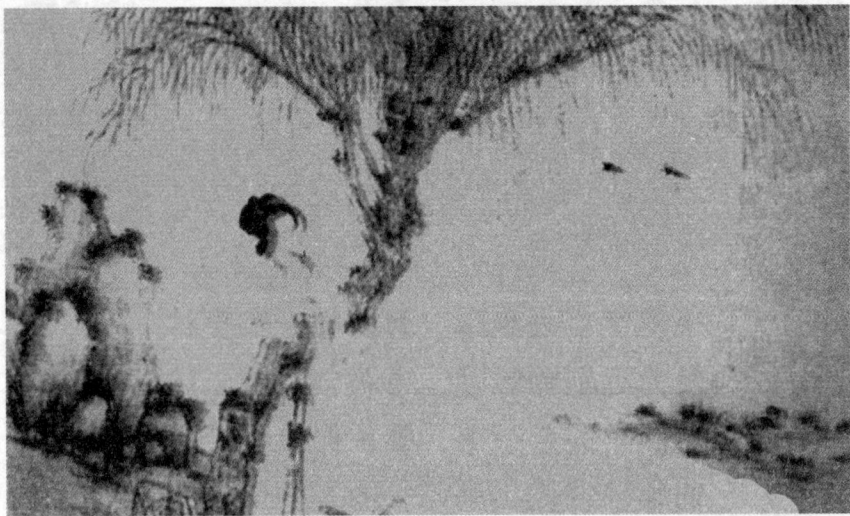

▶注释

①金蟾：蟾形的金属香炉。

▶译文

　　轻柔的春风送来飒飒细雨，芙蓉塘外响着一声声轻雷。有金蟾锁纽的香炉燃着香料，屋外的玉辘轳牵着吊绳能将井水汲回。贾氏在帘后窥探，因她爱慕韩寿姿容美丽，青春年少，宓妃留下玉枕，因她钦慕曹植潇洒飘逸的诗才。春心切莫与春花竞相开放，一寸寸相思终将化成一寸寸尘灰。

筹笔驿①　李商隐

▶原文

猿鸟犹疑畏简书，风云长为护储胥。
徒令上将挥神笔，终见降王走传车。
管乐有才真不忝，关张无命欲何如？
他年锦里经祠庙，梁父吟成恨有馀。

▶注释

　　①筹笔驿：在今四川广元县北。相传诸葛亮出师伐魏，曾于此驻军筹划，由此得名。

▶译文

　　猿鸟至今害怕诸葛亮的军令而不敢靠近筹笔驿，风云屯聚不散仍护卫着当年的藩篱。空使上将精心谋划，最终还是看见了后主被人送上了囚车，做了魏国的囚臣。诸葛亮的才干比得上管仲、乐毅，无奈关张命短，栋折梁摧，残局难支。当年我到成都凭吊武侯的祠庙，吟咏他的《梁父吟》，心中涌起无限的怅恨。

〇九九

风雅格律

无 题 李商隐

▶原文

相见时难别亦难，东风无力百花残。
春蚕到死丝方尽①，蜡炬成灰泪始干。
晓镜但愁云鬓改，夜吟应觉月光寒。
蓬山此去无多路，青鸟殷勤为探看。

▶注释

①丝：与"思"谐音。

▶译文

相见的机会多么难得，离别时的心情更加难过，东风柔弱无力，更值这暮春时节百花凋残。春蚕到生命的尽头才把丝吐尽，蜡烛化为灰烬才宣告泪已流干。早晨对镜梳妆只怕你的秀发色泽改变，夜晚苦吟情人的诗篇，你应感到月光洒下的凉寒。此地离蓬山的路途并不遥远，希望传信的青鸟为我殷勤地打探。

利州①南渡 温庭筠

▶原文

澹然空水带斜晖，曲岛苍茫接翠微。
波上马嘶看棹去，柳边人歇待船归。
数丛沙草群鸥散，万顷江田一鹭飞。
谁解乘舟寻范蠡，五湖烟水独忘机。

▶注释

①利州：今四川广元县，地在嘉陵江北岸，因此称南渡。

▶译文

　　水波浮动，空对着西边的斜阳，苍茫的弯岛连接着远处的山冈。马在船上嘶鸣，渡船渡河而去，人在柳树下歇息，等待渡船回头。沙滩边的水草丛中，一群鸥被惊四散，在万顷江田之上，有一只白鹭在奋飞。谁能理解我乘一叶扁舟去追随范蠡的心意，他漫游在五湖烟水之中是真正忘却世俗心机的人。

乐 府

独不见 沈佺期

▶原文

卢家少妇郁金堂①，海燕双栖玳瑁梁。
九月寒砧催木叶，十年征戍忆辽阳。
白狼河北音书断，丹凤城南秋夜长。
谁谓含愁独不见，更教明月照流黄！

▶注释

①卢家少妇：典出梁武帝萧衍《河中之水歌》，"河中之水向东流，洛阳女儿名莫愁……十五嫁为卢家妇，十六生儿字阿侯。卢家兰室桂为梁，中有郁金苏合香。"郁金：香草名。

▶译文

卢家少妇居住在涂饰着郁金香的华堂，海燕成双栖息在玳瑁装饰的屋梁上。九月里寒风中的捣衣声催促树叶纷纷飘落，十年前他出征去戍守边塞，我的思绪就飞到遥远的辽阳。他驻守在白狼河的北面，音信早已断绝，我独宿在长安城南，怀着相思，感叹秋夜多么漫长。谁使我含着离愁独处，总不能与他相见，更使明月偏又照着我房中的流黄。

五言绝句

鹿柴① 王 维

▶原文

空山不见人，但闻人语响。
返景入深林，复照青苔上。

▶注释

①鹿柴（zhài）：是辋川的地名，在今陕西蓝田县终南山中，是王维隐居之地。

▶译文

空阔的山林看不到一个人影，却能听见人说话的声音。太阳的余晖照进幽深的树林，在林间的青苔上面落下斑驳的树影。

竹里馆 王 维

▶原文

独坐幽篁里①，弹琴复长啸。
深林人不知，明月来相照。

▶注释

①幽篁：屈原《九歌·山鬼》，"余处幽篁兮，终不见天。"吕向

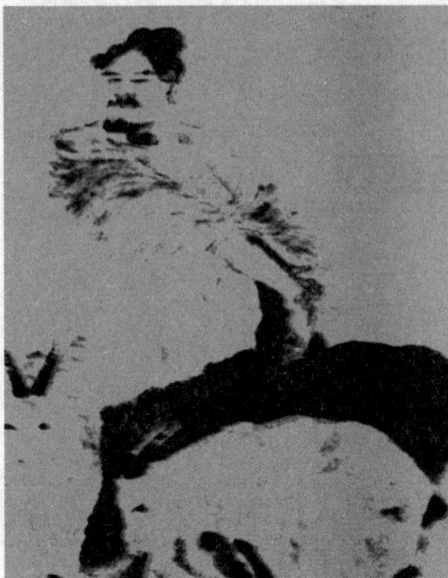

注，"幽，深也；篁，竹林也。"

▶译文

我独自坐在幽深的竹林里，弹完琴后又放声长啸。独居在深林里不为人知，明月静静地把我照耀。

山中送别　王　维

▶原文

山中相送罢，日暮掩柴扉①。
春草年年绿，王孙归不归？

▶注释

①日暮：指天色将晚。

▶译文

我在深山之中送别了友人，天黑回家便关闭自家的柴门。春草有再绿的时候，远游的朋友还能否回到这里？

相　思　王　维

▶原文

红豆生南国①，春来发几枝？

愿君多采撷，此物最相思。

▶注释

①红豆：一名相思子。木本，冬春结实如小豆，色泽鲜红。

▶译文

红豆生长在南方，新春里不知生了几根新枝？希望你多多地采摘，这红豆最能表达我们的相思之情。

杂 诗 王 维

▶原文

君自故乡来，应知故乡事。
来日绮窗前①，寒梅著花未？

▶注释

①绮：镂花格子。

▶译文

你刚刚从故乡来到这里，一定知道关于故乡的事。我绮窗前的那株寒梅，是否已傲然开放？

送崔九① 裴 迪

▶原文

归山深浅去，须尽丘壑美。
莫学武陵人，暂游桃源里。

▶注释

①崔九：即崔兴宗，王维的内弟。

▶译文

　　你归隐山中，无论幽深还是浅近，都要饱赏山水之美。不要学武陵渔人，在桃源暂住几天便又返回。

终南望余雪　　祖　咏

▶原文

　　终南阴岭秀①，积雪浮云端。
　　林表明霁色，城中增暮寒。

▶注释

　　①阴岭：背向太阳的一面为阴。

▶译文

　　终南山北面的山岭一片清秀，积雪好像浮云在山顶飘游。林外露出雪后的阳光，城中增添了傍晚的严寒。

宿建德江①　　孟浩然

▶原文

　　移舟泊烟渚，日暮客愁新。
　　野旷天低树，江清月近人。

▶注释

　　①建德江：指新安江流经建德（今属浙江）的一段江水。

▶译文

　　我将小船停靠在江中雾气笼罩的小洲边，傍晚的景色使在他乡的游子增添了新

愁。原野广阔，远方的天空比近处的树木还低。月映江中，好像和船上的人更加接近。

春 晓 孟浩然

▶原文

春眠不觉晓[①]，处处闻啼鸟。
夜来风雨声，花落知多少？

▶注释

①不觉晓：不知道天已亮了。

▶译文

春夜里酣睡，不知不觉天色已亮，远近传来了鸟雀的啼叫。昨夜经过一场春雨，花儿又落下多少？

静夜思 李 白

▶原文

床前明月光，疑是地上霜[①]。
举头望明月，低头思故乡。

▶注释

①疑：好像。

▶译文

床前洒下一片银白色的月光，我怀疑是地上结了一层秋霜。抬头凝望碧空中的明月，低头思念遥远的故乡。

怨 情 李 白

▶原文

美人卷珠帘，深坐颦蛾眉[①]。
但见泪痕湿，不知心恨谁。

▶注释

①颦蛾眉：皱起蚕蛾状的眉头。

▶译文

美人卷起了珠帘，独坐紧皱着双眉。只见她泪痕满面，不知心里怨恨谁。

八阵图 杜 甫

▶原文

功盖三分国，名成八阵图。
江流石不转，遗恨失吞吴[①]。

▶注释

①失吞吴：刘备为报关羽之仇，贸然伐吴，吞吴失计，破坏了诸葛亮联吴抗曹的根本策略，以致统一大业中途夭折，而成了千古遗恨。

▶译文

你建立了三分天下的功业，又布置了著名的八阵图。即使被江流冲击，你布阵的石堆也岿然不动。你遗恨千古，不能制止先主因失策而去吞并东吴。

登鹳雀楼[①]　王之涣

▶原文

白日依山尽，黄河入海流。
欲穷千里目，更上一层楼。

▶注释

①鹳雀楼：又名鹳鹊楼，据《清一统志》记载，楼的旧址在山西蒲州（今永济县，唐时为河中府）西南，黄河中高阜处，时有鹳雀栖其上，遂名。

▶译文

太阳依傍着群山就要落下山去，黄河水正滚滚向大海奔流。要想见到更美好而遥远的景色，就得再登上一层高楼。

送灵澈上人[①]　刘长卿

▶原文

苍苍竹林寺，杳杳钟声晚。
荷笠带夕阳，青山独归远。

▶注释

①灵澈上人：著名诗僧，俗姓汤，字源澄，会稽（今浙江绍兴）人。

▶译文

苍茫的树林掩映着竹林寺，深暗的暮色里晚钟敲响。你背着斗笠披着斜阳，独自回归远方的青山。

听弹琴　刘长卿

▶原文

> 泠泠七弦上，静听松风寒①。
> 古调虽自爱，今人多不弹。

▶注释

　①松风寒：指琴曲《风入松》，也指琴音飘入松林，声色凄清。

▶译文

　　七弦琴上响起清脆的乐声，我静静地聆听，如《风入松》一样的琴音。虽然我喜爱古调，如今人们却不愿弹奏古琴。

送上人①　刘长卿

▶原文

> 孤云将野鹤，岂向人间住。
> 莫买沃洲山，时人已知处。

▶注释

　①上人：对僧人的尊称。

▶译文

　　你如同孤云野鹤，怎会在世俗的人间居住。不要在沃洲山买地建屋，那是人们已经熟悉的去处。

秋夜寄丘员外①　韦应物

▶原文

> 怀君属秋夜，散步咏凉天。

空山松子落，幽人应未眠。

▶注释

①丘员外：名丹，当时正在临平山中学道。

▶译文

秋夜里我深深地思念着你，在这清凉的秋天散步吟咏。松子在静静地坠落，我料想你在此时也未能成眠。

鸣 筝 李 端

▶原文

鸣筝金粟柱①，素手玉房前。
欲得周郎顾，时时误拂弦。

▶注释

①金粟柱：筝上系弦的似谷粒状的华美的圆柱，可调弦的松紧。

▶译文

用古筝弹出了优美的乐章，洁白的双手移动在玉房前。为了得到心爱的人的注目顾盼，时而故意拨错琴弦。

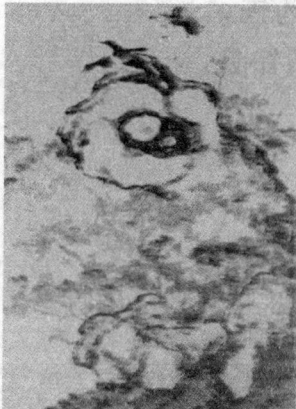

江 雪 柳宗元

▶原文

千山鸟飞绝①，万径人踪灭。
孤舟蓑笠翁，独钓寒江雪。

▶注释

①"千山"句：此句暗示天寒。

▶译文

　　山岭上的鸟雀都已飞走，所有的路径人迹全无。孤舟上身披蓑衣头戴斗笠的渔翁，在风雪严寒中，独自在江边垂钓。

行　宫　元　稹

▶原文

寥落古行宫①，宫花寂寞红。
白头宫女在，闲坐说玄宗。

▶注释

　　①行宫：指皇帝外巡时的住处，这里指唐时的西京洛阳的上阳宫。

▶译文

　　昔日的行宫已凄清冷落，唯有宫中的鲜花独自开得艳红。白发苍苍的宫女仍旧健在，闲坐无聊时常谈论当年风流的玄宗。

寻隐者不遇　贾　岛

▶原文

松下问童子，言师采药去。
只在此山中①，云深不知处。

▶注释

　　①只：相当于"就"。

▶译文

　　我到松树下去问一个童子，他说他的师父进山采药去了。他就在这座山中，云雾浓厚，不知他在何处。

乐 府

长干曲 (二首) 崔 颢

▶原文

一

君家何处住？妾住在横塘①。
停舟暂借问，或恐是同乡。

二

家临九江水，来去九江侧。
同是长干人，生小不相识。

▶注释

①横塘：在今南京市西南。

▶译文

你家住在哪里？我家住在横塘。停下船来向你打听，或许我们就是同乡。

我家靠近九江水，来往常在九江侧。我俩都是长干人，只是从小不相识。

玉阶怨 李 白

▶原文

玉阶生白露，夜久侵罗袜。
却下水晶帘，玲珑望秋月①。

▶注释

①玲珑：此处指月色晶莹。

▶译文

玉阶上蒙上一层洁白的霜露，她在夜晚久久伫立，露水浸透了罗袜。回到房中放下水晶窗帘，隔着透明的窗帘仍凝望明亮的秋月。

塞下曲（三首） 卢 纶

▶原文

一

鹫翎金仆姑，燕尾绣蝥弧①。
独立扬新令，千营共一呼。

▶注释

①燕尾：旗上的飘带。蝥弧：旗名。

▶译文

用大雕尾上的羽毛装饰金仆姑箭，绣在蝥弧旗上的燕尾飘带迎风飘扬。他站在军前发布新的号令，麾下数千兵将齐声高呼。

二

月黑雁飞高，单于夜遁逃①。
欲将轻骑逐，大雪满弓刀。

▶注释

①单于：匈奴首领的统称。

▶译文

黑夜里大雁飞得很高，单于趁着夜色在逃遁。将军就要带领轻骑兵去追杀，大雪落满了他们的弓刀。

三

野幕敞琼筵，羌戎贺劳旋①。
醉和金甲舞，雷鼓动山川。

风雅格律

▶注释

①羌戎：我国两个民族名。

▶译文

野外军营里摆下丰盛的酒筵，羌族、戎族都来庆贺军队的凯旋。乘着酒兴，穿着金甲翩翩起舞，擂响战鼓，隆隆声震动了山川。

江南曲 李 益

▶原文

嫁得瞿塘贾①，朝朝误妾期。
早知潮有信，嫁与弄潮儿。

▶注释

①瞿塘：长江三峡之一。贾：商人。

▶译文

年轻时嫁了个瞿塘商人，却经常耽误与我约定的归期。早知江湖涨落定期守信，还不如嫁个弄潮的男儿。

七言绝句

回乡偶书　贺知章

▶原文

少小离家老大回，乡音无改鬓毛衰①。
儿童相见不相识，笑问客从何处来？

▶注释

①衰：稀疏。

▶译文

少小时离开家园直到年老时才回来，乡音没有改变鬓发已经斑白。儿童看见都不认识我，笑着问："客人你从哪里来？"

九月九日忆山东兄弟①　王　维

▶原文

独在异乡为异客，每逢佳节倍思亲。
遥知兄弟登高处，遍插茱萸少一人。

▶注释

①山东：当时王维的家迁到蒲州（今山西永济），在华山以东，故称山东。

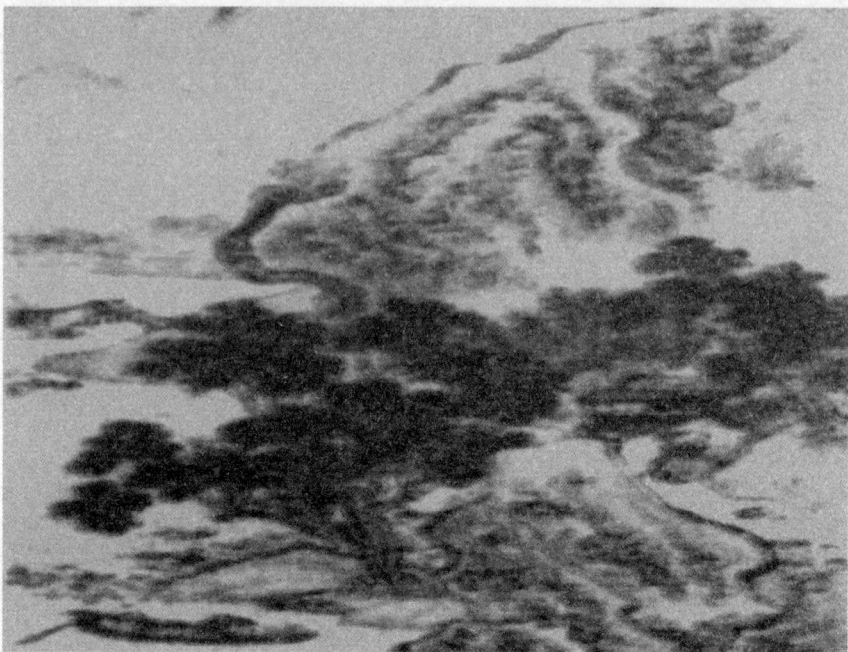

▶译文

　　我独自身处异乡，作为异乡之人，每逢佳节更加思念我的亲人。在远方推想兄弟们登上高处，遍插茱萸时会感到少我一个人。

芙蓉楼送辛渐　王昌龄

▶原文

　　　寒雨连江夜入吴，平明送客楚山孤①。
　　　洛阳亲友如相问，一片冰心在玉壶。

▶注释

　　①平明：指早晨天亮时。

▶译文

　　寒雨与江天相连，在夜晚潜入东吴，清晨送别友人，楚山无比寂寞孤独。

洛阳的亲友如果向你探问我的情况，就说我心如晶莹剔透的冰盛在玉壶里。

闺　怨　王昌龄

▶原文

闺中少妇不知愁，春日凝妆上翠楼。
忽见陌头杨柳色①，悔教夫婿觅封侯。

▶注释

①陌头：指路边。

▶译文

深闺中的少妇本来不懂忧愁，春日里盛装打扮登上了翠楼。忽然看见路边杨柳一派春色，后悔让夫婿远行去取爵觅侯。

春宫曲　王昌龄

▶原文

昨夜风开露井桃，未央前殿月轮高。
平阳歌舞新承宠①，帘外春寒赐锦袍。

▶注释

①平阳歌舞：指卫子夫（卫青之姊）。

▶译文

昨夜的春风吹开了露井边的桃花，未央宫前殿上空的明月高悬。平阳公主的侍女能歌善舞，最近获得君皇恩宠。只怕帘外的春寒冷着了美人，连忙赐予她锦袍。

凉州词 王 翰

▶原文

葡萄美酒夜光杯①，欲饮琵琶马上催。
醉卧沙场君莫笑，古来征战几人回。

▶注释

①夜光杯：相传是周穆王时代，西胡以白玉精制成的酒杯，有如"光明夜照"，故称"夜光杯"。

▶译文

我举起了盛满葡萄美酒的夜光杯，正要畅饮，乐队奏起了琵琶，酒宴开始了，那急促欢快的旋律，像是在催促将士们举杯痛饮。醉酒躺卧在沙场上，请君不要见笑，从古至今，出征的将士有几人能活着回来。

黄鹤楼送孟浩然之广陵① 李 白

▶原文

> 故人西辞黄鹤楼，烟花三月下扬州。
> 孤帆远影碧空尽，惟见长江天际流。

▶注释

①广陵：今江苏扬州市。

▶译文

老朋友从西面辞别了黄鹤楼，在春光明媚的三月东下扬州。孤帆渐远消失，只见浩荡的长江在天边奔流。

早发白帝城① 李 白

▶原文

> 朝辞白帝彩云间，千里江陵一日还。
> 两岸猿声啼不住，轻舟已过万重山。

▶注释

①白帝城：古城名，在今重庆市奉节东白帝山上。东汉初公孙述筑城，其自号白帝，故以为名。

▶译文

我在清晨辞别彩云间的白帝城，一日千里，夜暮时分回到了江陵。两岸的猿猴在不停地悲凄啼叫，轻快的小舟已越过千万重云山。

逢入京使　岑　参

▶原文

故园东望路漫漫，双袖龙钟泪不干①。
马上相逢无纸笔，凭君传语报平安。

▶注释

①龙钟：指湿漉漉的样子。

▶译文

东望故园，道路多么漫长，泪水湿透双袖还未擦干。骑马在途中与你相遇，找不到纸笔，托你传个口信向我家里人报平安。

江南逢李龟年①　杜　甫

▶原文

岐王宅里寻常见，崔九堂前几度闻。
正是江南好风景，落花时节又逢君。

▶注释

①李龟年：唐开元时期"特承顾遇"的著名乐师。

▶译文

当年在岐王府中经常与您相见，在崔九堂前多次听到您的歌声。真没想到在这风景如画的江南、百花凋谢的暮春里又遇到了您。

滁州西涧① 韦应物

▶原文

> 独怜幽草涧边生，上有黄鹂深树鸣。
> 春潮带雨晚来急，野渡无人舟自横。

▶注释

①滁州：今安徽滁县。

▶译文

我特别喜爱生长在涧边的幽草，岸边浓密的树丛中有黄鹂啼鸣。春潮夹带雨点在傍晚来得更急，野外无人渡河，渡船停泊在河心。

枫桥夜泊① 张 继

▶原文

> 月落乌啼霜满天，江枫渔火对愁眠。
> 姑苏城外寒山寺，夜半钟声到客船。

▶注释

①枫桥：在今江苏苏州市阊门外西郊。夜泊：夜里停泊。

▶译文

明月落下西山，乌鸦啼叫着飞过，霜色满天，夜空充满凉意。我面对江边的枫树、渔船上的灯火，满怀愁绪，彻夜难眠。姑苏城外响起的钟声，夜半时分传到了我的小船。

寒食① 韩翃

▶原文

春城无处不飞花，
寒食东风御柳斜。
日暮汉宫传蜡烛，
轻烟散入五侯家。

▶注释

①寒食：节令名，在清明节前一日，旧俗禁火，冷食。

▶译文

暮春的长安城无处不飞舞着柳絮杨花，寒食节宫中的御柳在春风中摇曳生姿。傍晚时汉宫正分赐蜡烛，轻烟袅袅散入五侯之家。

征人怨 柳中庸

▶原文

岁岁金河复玉关①，朝朝马策与刀环。
三春白雪归青冢，万里黄河绕黑山。

▶注释

①金河：又名黑河，源出今内蒙古自治区呼和浩特市南。玉关：即玉门关。

▶译文

年年戍守金河还有玉关，天天举着马鞭和刀环。暮春三月的白雪覆盖着青冢，万里黄河环绕着黑山。

夜上受降城闻笛[①]　李　益

▶原文

　　　　回乐峰前沙似雪，受降城外月如霜。
　　　　不知何处吹芦管，一夜征人尽望乡。

▶注释

　　①受降城：此处指西受降城，故址在现在宁夏自治区灵武县。

▶译文

　　回乐峰前的沙粒洁白如雪，受降城外的月色明亮如霜。不知何处吹起了芦管，出征将士整夜都思念故乡。

乌衣巷[①]　刘禹锡

▶原文

　　　　朱雀桥边野草花，乌衣巷口夕阳斜。

旧时王谢堂前燕，飞入寻常百姓家。

▶注释

①乌衣巷：东晋时，乌衣巷是高门士族的聚居区，开国元勋王导和指挥淝水之战的谢安都住在这里。

▶译文

朱雀桥边的野草正开着花，乌衣巷口的夕阳已然西斜。昔日王谢堂前的飞燕，如今飞到普通百姓家。

和乐天《春词》① 刘禹锡

▶原文

新妆宜面下朱楼，深锁春光一院愁。
行到中庭数花朵，蜻蜓飞上玉搔头。

▶注释

①和乐天《春词》：这首诗的标题写得很清楚，它是和白居易《春词》一诗的。

▶译文

新近的打扮与秀美的脸面相宜，款款走下朱楼，宫门本已将美好的春光深锁，满院都荡漾着忧愁。走到院中一一数着花朵，无知的蜻蜓飞上玉搔头。

赠内人① 张 祜

▶原文

禁门宫树月痕过，媚眼惟看宿鹭窠。

斜拔玉钗灯影畔，剔开红焰救飞蛾。

▶注释

　　①内人：唐代选入宫中宜春院的歌舞伎称"内人"。

▶译文

　　宫门边树下月影渐渐移过，明媚的双眼凝住白鹭双栖的巢窠。拔下玉钗独坐在灯影旁边，挑开灯焰救下扑火的飞蛾。

集灵台① 张 祜

▶原文

日光斜照集灵台，红树花迎晓露开。
昨夜上皇新授箓，太真含笑入帘来。

▶注释

　　①集灵台：在骊山之上，为祀神之所。

▶译文

　　日光融融斜照在集灵台，红花满树迎着朝露盛开。昨夜皇上刚刚赐给她道号，太真含着笑容款步转入帘来。

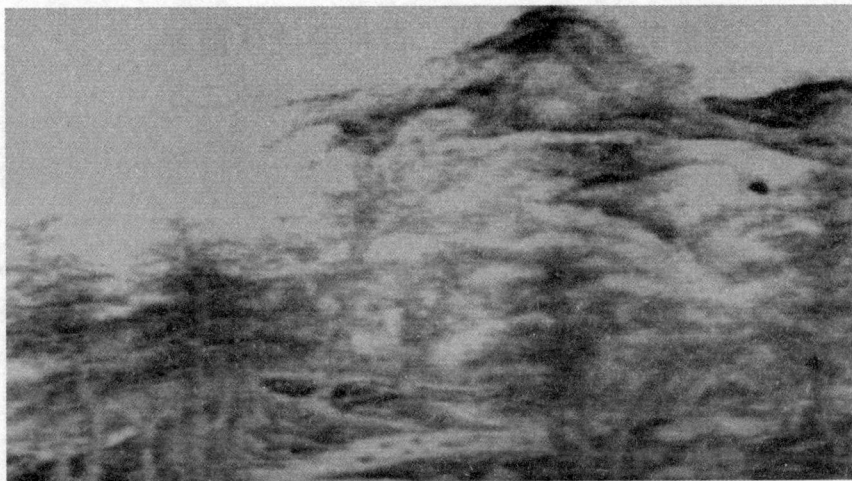

闺意献张水部① 朱庆馀

▶原文

洞房昨夜停红烛，待晓堂前拜舅姑。
妆罢低声问夫婿：画眉深浅入时无？

▶注释

①张水部：即诗人张籍。

▶译文

昨夜新房里通宵燃着红烛，等待天明去堂前参拜舅姑。梳妆完毕低声询问夫婿，眉毛的浓淡是否是流行的画法？

赤 壁① 杜 牧

▶原文

折戟沉沙铁未销，自将磨洗认前朝。
东风不与周郎便，铜雀春深锁二乔。

▶注释

①赤壁：即今湖北武汉赤矶山。

▶译文

有人发现了一把埋在沉沙中的断戟，它的铁刃还未被销蚀，我将它拿来磨洗一番，认得这遗物属于三国时期。假如不是东南风给了周瑜便利的条件，高高的铜雀台就会禁锢住大乔、小乔姐妹。

泊秦淮　杜　牧

▶原文

烟笼寒水月笼沙，夜泊秦淮近酒家。
商女不知亡国恨，隔江犹唱《后庭花》[1]。

▶注释

①后庭花：即《玉树后庭花》，据说是南朝陈后主作，陈后主由于荒淫好声色，不理朝政，被隋所灭，所作也被后人称为亡国之音。

▶译文

轻淡的烟雾、朦胧的月色笼罩着寒水寒沙，我在夜晚选择靠近酒家处将小船停在秦淮河边。岸边酒楼上的歌女不懂得国破家亡的遗恨，仍然隔着江高唱那曲《玉树后庭花》。

寄扬州韩绰判官[1]　杜　牧

▶原文

青山隐隐水迢迢，秋尽江南草未凋。
二十四桥明月夜[2]，玉人何处教吹箫？

▶注释

①韩绰：生平不详。判官：是节度使的僚属。
②二十四桥：据清李斗《扬州画舫录》说即吴家砖桥，因古时有二十四位美人吹箫于桥上而得名，又一说称扬州曾实有二十四座桥。

▶译文

青山隐约可见，绿水遥至千里，江南的秋色即将褪尽，花草树叶也将凋零。二十四桥仍在这明月照耀的秋夜。美人啊，你在何处教人吹箫？

遣 怀 杜 牧

▶原文

落魄江湖载酒行，楚腰纤细掌中轻[1]。
十年一觉扬州梦，赢得青楼薄倖名。

▶注释

①掌中轻：《飞燕外传》，"赵飞燕体轻，能为掌上舞。"

▶译文

我流落在江湖中每日醉在酒里，迷恋于美人的腰细体轻。我在扬州十年的时光如一场大梦，只赢得青楼传扬我薄情的名声。

秋 夕 杜 牧

▶原文

银烛秋光冷画屏，
轻罗小扇扑流萤。
天阶夜色凉如水，
坐看牵牛织女星[1]。

▶注释

①牵牛、织女：星名，古代神话说他们是一对夫妻。

▶译文

秋夜里银烛照着清冷的画屏，她挥

着轻巧的团扇扑打流萤。天阶的夜色冰凉如水，久卧难寐遥看牵牛织女双星。

赠 别 杜 牧

▶原文

多情却似总无情，惟觉樽前笑不成①。
蜡烛有心还惜别，替人垂泪到天明。

▶注释

①樽：指酒杯。

▶译文

欢聚时是那么多情，而今分别似乎无情，只觉得面对离别宴前的酒杯，欲笑不成。蜡烛有心珍惜离别，替人流泪直到天明。

夜雨寄北 李商隐

▶原文

君问归期未有期，巴山夜雨涨秋池①。
何当共剪西窗烛，却话巴山夜雨时。

▶注释

①巴山：亦称大、小巴山，在今四川南江县北。这里泛指今川东一带。

▶译文

你问我何时回去，我无法定下日期，巴山秋夜连绵的雨水涨满了湖池。何时能与你相依共坐同剪西窗灯烛，把我在巴山夜雨时对你的思念向你倾诉呢？

为 有 李商隐

▶原文

为有云屏无限娇，凤城寒尽怕春宵。
无端嫁得金龟婿①，辜负香衾事早朝。

▶注释

①无端：没来由。

▶译文

有豪华的云母屏风，有无限美丽的娇妻，京城里寒冬已经过去，又怕早早逝去的春宵。无缘无故嫁了个做官的夫婿，他辜负了温柔的香衾，一大早就去早朝。

乐 府

送元二使安西　王　维

▶原文

渭城朝雨浥轻尘①，客舍青青柳色新。
劝君更尽一杯酒，西出阳关无故人。

▶注释

①渭城：即秦都咸阳故城，汉改称渭城，今陕西西安市西北，渭水北岸。

▶译文

渭城清晨的细雨正沾湿路尘，旅舍前面碧草青青，柳色一新。劝君再饮一杯离别时的美酒，你走出西边的阳关，就难见到故人了。

长信秋词五首（其三）　王昌龄

▶原文

奉帚平明金殿开，
且将团扇共徘徊①。
玉颜不及寒鸦色，
犹带昭阳日影来。

▶注释

①团扇：绢质的小圆扇。

▶译文

她拿着扫帚在天亮时打扫宫殿，姑且拿起团扇暂时徘徊。洁美如玉的容颜不及乌黑的寒鸦，寒鸦飞过昭阳殿时还带着日影来。

出　塞　王昌龄

▶原文

秦时明月汉时关，万里长征人未还。
但使龙城飞将在①，不教胡马度阴山。

▶注释

①龙城：又为茏城，在今蒙古国鄂尔浑河西侧的和硕柴达木湖附近，西汉时为匈奴祭天处；或解释为卢龙城，在今河北省喜峰口一带，为汉代右北平郡所在地。

▶译文

今日的关塞依旧是秦汉时期的明月照耀着的关塞，将士们远征万里塞外，至今未见得胜凯旋归还。如果卫青和李广那样的将领还在的话，绝对不会让胡人的兵马度过阴山的。

清平调词（三首）　李　白

▶原文

一

云想衣裳花想容，春风拂槛露华浓。

若非群玉山头见①，会向瑶台月下逢。

二

一枝红艳露凝香，云雨巫山枉断肠。
借问汉宫谁得似？可怜飞燕倚新妆。

三

名花倾国两相欢，长得君王带笑看。
解释春风无限恨，沉香亭北倚阑干。

▶注释

①群玉山：神话中西王母的住地。

▶译文

彩云是你的衣衫，鲜花是你的容颜，春风吹拂阑干，牡丹艳丽，露华更浓。若不是群玉山上的神仙出现，也会是瑶台仙女在月下相逢。

一支鲜艳的牡丹沐浴着雨露凝聚着芳香，云雨中的巫山神女使楚王枉自相思断肠。请问汉宫的美女有谁能与之相比？可怜赵飞燕还得依靠新妆才能与她媲美。

名花和美人都为君王所爱，常使君王面带着笑容观看。顿时消散了春日无限的愁怨，帝妃在沉香亭边倚着阑干。

凉州词　王之涣

▶原文

黄河远上白云间，一片孤城万仞山。
羌笛何须怨杨柳①，春风不度玉门关。

▶注释

①杨柳：乐府《横吹曲辞·折杨柳歌辞》，词云："上马不捉鞭，反折杨柳枝。蹀座吹长笛，愁杀行客儿。"这里即用其意。

▶译文

黄河远远地延伸到白云间，一座孤城坐落在万丈高山上。羌笛何必吹奏出传达离怨的《折杨柳》曲，春风吹不到玉门关，边塞怎能不荒寒。

金缕衣　无名氏

▶原文

劝君莫惜金缕衣①，劝君须惜少年时。
有花堪折直须折，莫待无花空折枝。

▶注释

①金缕衣：华丽的衣服。

▶译文

劝君不要贪恋华丽贵重的锦衣，而应该珍惜少年时代的光阴。鲜花盛开时如能采摘就尽情地采摘，千万别等到鲜花凋落才攀折无花的空枝。